新 潮 文 庫

暖　簾

山 崎 豊 子 著

新 潮 社 版

403

暖簾

第一部

一

たった三十五銭をにぎりしめて、八田吾平《やたごへい》は大阪へ出た。明治二十九年の三月はじめが、その日だった。日清戦争直後の好景気のさなか、故郷の淡路島《あわじしま》では、大阪の街に金がころがっていそうな話が羨望《せんぼう》とあきらめをもって語られていた。十五歳の吾平はじっとしておれなかった。

八十トンの機帆船で、淡路島から大阪まで十時間かかった。急に船あしが落ちると、大阪湾から河幅を狭めた安治川《あじがわ》をさかのぼった。河岸《かし》に叢《くさむら》が生いたち、へし曲げられたようなトタン塀《べい》に囲まれた貧弱な工場が点在していた。煙突の煙も白い春の陽《ひ》ざしの中で、黒く寒々しかった。これが村の噂話《うわさばなし》に聞いた大阪かと、吾平は少年らしく何度も瞬《またた》きをした。間もなく富島《とみじま》の船着場へ着いた。見渡す限りの荒れ果てた根深畑《ねぶかばたけ》の中で、人家が浜筋にそって石ころのように疎《まば》らだった。吾平は富島から千船橋《ちふねばし》まで歩き、そこではじめて人力車というものに乗った。船から上って食べたうどんが一杯五厘《りん》、千船橋から花園橋までの俥賃《くるまちん》に二銭とられて驚いた。

村を出る時、聞いて来た淡路島出の者を世話する口入屋は、移転してしまっていた。長堀橋《ながほりばし》の方らしいという曖昧《あいまい》な移転先を尋ねて二時間余りも歩き廻《まわ》り、四つ橋のたもとで途方にくれて、坐《すわ》り込んでしまった。人の足も、荷車も、吾平の前を早く通り過ぎてしまった。川岸に並ぶ材木置場から、木遣《きや》りが威勢よく河面《かわも》にひびき、生々しい木の香が川べりの柳の枝をすりぬけて鼻をついた。濁った川の真ン中を、筏《いかだ》がゆっくり流れて行った。胴巻の中に残った三十二銭だけが、心細い頼りだった。

「どないしなはった」

通りすがりの年寄りが腰をかがめ、丸刈りの白髪頭《しらがあたま》を寄せて声をかけた。吾平は今までの気負いを他愛《たわい》もなく失い、この年寄りにしがみつきたかった。

「大阪で奉公したい思うて淡路島から出て来よりましたけど、あてにしていた口入屋が見つからんと……」

涙声になってしまった。

「なんや淡路やて？　淡路ならお前、わいとこの出性《でしよう》（先祖の出身地）と一緒やがな」

「えっ、淡路のお人ですか」

吾平は意外な出遭《であ》いに、声をあげて泣き出した。嬉《うれ》しかったのだ。

「ほんまに丁稚《でっち》奉公するつもりで、大阪へ出て来たんか」

と年寄りは聞いた。

「なんぞ、ボロイことでもある思うて来たんと違うか」

「違います」

「そんなら、お前どないするつもりやったんや」

吾平は言葉に詰まった。どうすればよいか解《わか》らなかった。

「どこでも働かせて下さい、お宅で置いて下さい、お願いします」

「まあ、待ちなはれ」

年寄りはそう云《い》うと、吾平の顔をのぞき込んだ。その眼《め》の光に思わず、吾平の足が竦《すく》んだ。

「まあええ、わいの家へ行って話しよう」

何を思ったのか、年寄りは独りうなずいて歩き出した。四つ橋から続く広い川岸の道を、吾平は年寄りに連れられて歩いて行った。鉄色の着物を着て、茶色の皮袋をさげた年寄りは、日和下駄《ひよりげた》の足もとを小幅に運んでいた。六十ぐらいの白髪頭の下で、一重瞼《ひとえまぶた》の大きな眼が、こぼっと陥《お》ち込むようにすわっている。吾平は、時々、その眼だけが鋭い年寄りの顔を、不安げに盗み見した。

年寄りの足もとが止まった店先から、ツンと鼻をつく酸《す》っぱい昆布《こんぶ》の匂《にお》いがし、正面の屋根に、古木《こぼく》に金文字で『浪花屋《なにわや》』と浮き出した大看板が、夕陽に映えて、吾平の眼先一杯に広がった。

「旦那《だん》はん、お帰りやす」

打水に濡《ぬ》れた五間間口の奥から、一斉に声がかかった。紅殻《べんがら》塗りの店構えの奥に、厚司《あつし》を着た丁稚たちが十二、三人忙しくたち働き、小さくなって通り抜ける吾平へ、胡散臭気《うさんくさげ》な眼を浴びせかけた。店を通り越し、拭《ふ》き込まれた小格子《こごうし》のくぐり戸を二枚ぬけて中庭を出ると、そこは、太い梁《はり》を組んだ天井の高い板敷の台所だった。だだっ広く薄暗い台所には、ランプが二つともっていた。竈《かまど》の一斗釜《いっとがま》から白い湯気がたちのぼり、四、五人の女中が顔を赤くほてらせ、高下駄の歯をカン高くきしませて夕食の仕度をしている。ひっつめ髪で赤い襷《たすき》をかけ、大きな笊《ざる》一杯に沢庵《たくあん》をきざんだり、井戸水をどんどん汲《く》みあげて、足もとを水だらけにしていた。小ぶりに日本髪を結いあげて奥から出て来たのは上女中らしく、下働きの女中の差し出すお膳《ぜん》を、ぞろりと受け取り、ものも云わず大障子の向うへ消えて行った。

吾平は、台所の隅《すみ》の冷たい上《あが》り框《がまち》に、小一時間、置き忘れられたように待たされた。

「旦那はんと若旦那はんが、茶の間へ呼んではります」

上女中の案内で、台所の次になる茶の間の長火鉢《ながひばち》の前へ、吾平は請《しょう》じ入れられた。

年寄りのそばにひやりとするような白い顔だちをした旦那はんが坐っていた。

「お父はん、この子でっか、四つ橋で拾うて来はったのは」

いきなり可笑《おか》しそうに笑い、吾平の身の上話から淡路島の釣《つり》の話まで聞き出した。

「ふうん、十五か、齢《とし》にしては小さい体やけど、二十日鼠《はつかねずみ》みたい賢そうな眼してるわ、よう働きよるかいな」

ひやかされているようで、肝腎《かんじん》の話は一向に出て来なかった。吾平は、一体、自分はどうなるのかと不安になった。

「お願いいたします、このお店で使うて下さい」

まともに、年寄りの旦那はんの顔を頼った。居眠るように小首をかたむけて二人の話を聞いていた旦那はんは、その時しゃんと吾平の顔を見すえた。

「今日は御先祖の命日や、わいの故郷《くに》から、偶然、わいを頼る者が出てきたのも、何かの因縁やろ、しっかり働いて一人前になってみい」

この日から吾平は、五代目、浪花屋利兵衛《りへえ》に奉公し、お為着《しきせ》の厚司、前垂れ、木綿の兵児帯《へこおび》とともに本名の吾平を改め、『吾吉』という丁稚名が与えられた。

二

紺に白い盲縞の普通、丁稚縞と呼ばれる厚司の背中と、前垂れの真ン中には、大黒様に因《ちな》んだ打出《うちで》の小槌《こづち》に『なにわ』と染めぬいた紋がついていた。

お為着を着た丁稚の吾吉の仕事は、来る日も、来る日も、ランプの火屋《ほや》掃除と庭掃きばかりだった。火屋掃除は午前五時に起きて、十二個のランプの火屋を板の間に並べ、竹の先に綿をくるんだぼんぼんさんで、火屋の煤《すす》をふくのだった。この仕事はまどろかしかったが、横目でこの店の商売の様子を見ているうちに、いつか吾吉の体の中にも商いのこころが芽ばえて来た。火屋掃除も商いの一つだと思いついたのである。

ある日、厠《かわや》の帰りに縁側を通りかかった旦《だん》那はんの足が、止まった。

「吾吉っとん、何時《いつ》みてもえらい熱心やな、お前、ランプ掃除好きか」

吾吉は、暫《しばら》くうつ向いて黙っていたが、

「いえ、こんな辛気《しんき》くさいこと、一向性に合え致しません、けど……、酢のきいたピカッと光った昆布の艶《つや》は、煤けたランプの光でははえ致しませんので……」

あとは顔が赤くなって、口ごもった。

「なに？　えらいこと云うてくれよる」

旦那はんの捨ぜりふのような言葉を聞いて、吾吉ははっとした。生意気なことを云ってしまったのではないかと心配した。それから四日目、吾吉は雑役から解放されて、はじめて店へ出された。奉公してから五カ月目だった。

しかし、店に出るとは名ばかり、店の奥で昆布を入れる袋はりと、旦那はんや、番頭はんの走り使いに追われた。『吾吉っとん』と声がかかると間髪を容《い》れず、『ヘーイ』と答え、用事を云いつかるまでに腰を上げて爪先《つまさき》だち、聞き終るや、草履《ぞうり》をつっかけて表へ飛び出す。その機敏なこつを呑《の》み込むまでは、ノロマ！ドンクサイ！と口汚なく罵《ののし》られた。

身丈《みたけ》に余る前垂れに足をとられ、鼻の先に汗を一ぱいふき出し、焼けつくような盛夏の街を走りながら、吾吉は、今に見ておれ、えらい商売人になったると、声に出していた。淡路島の訛《なまり》をなおすのにも、そんなに暇をとらなかった。間もなく大阪弁を粗忽《そこつ》無くしゃべれるようになり、お客の相手が許された。

黒とろろ百匁《もんめ》五銭、白とろろ七銭、おぼろ昆布九銭、出し昆布二銭——。吾吉の胸は躍《おど》った。商人《あきんど》の卵やぞォと、咽喉《のど》の奥が鳴り、

「ヘイ、毎度おおけに！」

張りあげる声は、向いの小間物屋にまでひびいた。

店番の合間には、支店や、別家衆《べっけし》へ注文の昆布を運ばされる。四つ橋や末吉橋のたもと、河岸《かし》の木陰で、通い櫃《びつ》を積んだ荷車を止め、中から昆布の一つまみを手のひら

にのせて、しんめり酢を吸うた昆布の肌合《はだあ》いを楽しんだ。舌の上にのせると、上品《じょうもん》はとろりと溶けて甘すっぱい。ええ品物《しなもん》やなあと、卸し値、加工賃、売り値を反古《ほご》で綴《と》じた手帳に写し取って、口銭《こうせん》がいくらあるか勘定しては、商いの勉強をした。

若旦那はんは一人息子で、病身のせいか、商売には一向、身を入れぬかわり、芸ごとは熱心で、素人浄瑠璃《しろうとじょうるり》の名人番付は大てい二、三と下らなかった。店は六十になった親旦那はんが、いつまでもきり廻《まわ》し、奉公人にもじきじき厳しい躾《しつけ》をした。

「浪花屋の店先の古時計と、旦那はんの顔は何時みても違《くる》てへん」

近所の人たちは、親旦那はんのことをこう云った。

或《あ》る日、吾吉が蔵から昆布を運び出す時、ほんの一つまみほどの昆布が箱からこぼれた。はっと思う間もなく、うしろから大きな手が飛んだ。耳が裂けるような暗みの中でふりかえると、旦那はんの眼が容赦なくたちふさがっていた。

「阿《あ》呆《ほ》、何とぼけとおる、わいら何のおかげでごはん食べさして貰《もろ》うてるのや、昆布のおかげやぜェ、そない粗末なことして大阪一の商人《あきんど》になれると思うてんのかァ」

気をつけてみると、一日何十貫という昆布の出入りがあるにもかかわらず、店の床板に昆布の屑《くず》が落ちていることは少なかった。夜、店をしめてから掃除をする時は、旦那はんがじいっとたって見ている。昆布屑を掃き寄せるにしたがって、どうぞ、たんと屑おまへんように――と、床箒《ゆかぼうき》を持つ手がこわばった。はき寄せられた昆布屑は、一々丁寧に旦那はんの手でより分けられ、出し昆布や山出し昆布の一片は、たとえ一かけらでも昆布を加工する仕事場へ持って行き、とろろ昆布にかきなおしたり、油で揚げてほいろ昆布に加工して安売りした。縄屑《なわ》や、ゴミは焚《た》きものになるからと、土がまじらぬように掃き寄せねばならなかった。

大阪贅六《ぜいろく》が――と、ぬれ手に粟《あわ》をつかむように、ボロ儲《もう》けすると思われていた大阪商人の蓄財の道は、一にも二にも節約《しまつ》、節約《しまつ》だった。『金儲けも一つの修業や、節約、勤勉、努力することや』と、吾吉なりに考えついたのだった。

三

その頃《ころ》から吾吉の銭勘定はことのほか細かくなった。船場《せんば》の商家の習いで、給金はなく、小遣いとして月々貰う五銭はもちろん、二、三十銭の盆、正月の祝儀《ポチ》、祭のひねり紙さえ行李《こうり》の底へしまい込むことにした。時々盗《と》られへんやろかとこっそり勘定してみるほかは、一銭も手をふれなかった。一日《ついたち》、十五日の休みにも『丁稚の楽しみ』といわれる千日前の犬と猿の物真似芝居も見なかった。一銭の入場料が惜しかったのだ。

奉公人たちは、店をしめてからも、すぐ寝床に入らず、夜更《よふ》けの町へ出かけた。新町橋東詰めから丼池筋《どぶいけすじ》へかけて、七の日に出る順慶町《じゅんけいまち》の夜店や、食べもの屋の沢山出る平野町の夜店まで足を延ばすのだと嘘《うそ》をついては、橋一つ距《へだ》てた向うの新町《しんまち》の廓《くるわ》へ遊びに行った。帰って来ると、朋輩《ほうばい》たちは蒲団《ふとん》の上で腹這《はらば》い、豆板や、いか焼、ドラ焼を、ピチャピチャ、舌を鳴らして食べ、あげくのはて、頭から蒲団をかぶって聞えよがしに猥談《わいだん》した。

「吾吉っとんには出来《でけ》へんこっちゃなあ、吝嗇《しぶちん》やさかい」

何がしぶちんや、今に見とれと、吾吉は歯をくいしばった。そんな時いつも吾吉は行李の底へしまい込んでいる貯金の額が眼先《めさき》にちらついて、寝つかれなかった。

その年も暮に近づき、お煮〆《にしめ》用の『出し昆布』、お供え餅《もち》の上にかける『白いた昆布』、梅湯にそえる『むすび昆布』の売行きが多くなった。特に『白いた昆布』は極く上等の平《ひら》昆布を芯《しん》の真白な地肌《じはだ》が見えるまで丹念にけずった品の良い、お餅とともに縁起を祝うもの。これが昆布屋の店先にたらりと並べば、師走《しわす》の町も、ああ、お正月まで四、五日やと、急に気ぜわしくなる。

日々の労働は、ますます激しくなった。朝五時に起き、店じまいが夜の十一時、お風呂《ふろ》を戴《いただ》いて寝床に入るのが十二時、若い吾吉にも、これは辛《つら》かった。手には、ざくろのようなあかぎれをつくってしまった。その手で固い帯のような出し昆布を三つに折って、五十匁ずつしで紐《ひも》でくくる。パリッと昆布を折りたたむ度に、肉の割れ目が血をにじませて疼《うず》いた。しで紐がしゅっと指先をしごいたとたん、体ごと火の気のない板の間で飛び上った。

激しい指先の痛みで、吾吉は出し昆布のくくりを続けることが出来なかった。奉公は辛いもんやと聞いていたが――と、吾吉は涙をにじませ、あわてて便所へ飛び込んだ。女便所でしゃがんだまま、息を殺して泣いた。両手のあかぎれの甲に涙がひりひりとしみた。

「吾吉っとん！　何してなはんねん」

素頓狂《すっとんきょう》な女中の大声に、吾吉は、はっとした。吾吉は便所の中で寝ていたのだった。

誰《だれ》が告げたのか、朋輩の笑い声のうしろから、

「吾吉！　ちょっと来い」

けわしい旦《だん》那はんの声が、つっ走った。台所の板の間の前にひき据《す》えられたが、何のいいわけもなく、吾吉は恥ずかしかった。

「裸になって漆喰《しっくい》に手ついてあやまりィ」

「へェ」

厚司《あつし》を脱いで真裸になり、台所のたたきへ坐って手をついた吾吉の頭の上から、いきなりバケツの水が二、三杯ぶっかけられた。全身が凍りついて、そのまま漆喰に貼《は》りついてしまいそうだった。

「眼ェ覚めたか、あと風邪《かぜ》ひきなや」

というなり、旦那はんはバケツをほうり投げて、奥の間へ入ってしまった。大晦日《おおみそか》は夜の十時をすぎても、小用にたつ暇もないぐらい忙しかった。矢継ぎ早のお客さんがある上に、夜通しで儲けるつもりの別家衆《べっけし》からとろろ昆布をわけてほしいの、出し昆布が足らんのと、手前勝手《てまえがって》な急ぎの注文が舞い込んだ。師走の風が木綿の厚司の固い裾《すそ》から吹きあげ、押し車を押す手に凍《い》てついた。

腰を下ろしてやっと一息つく間もなく、奥《うちら》から、

「吾吉っとん、お床のしめ縄足れへん、買うて来てェ」

年かさの女中の横着な頼みもあった。癪《しゃく》にさわったが、一日、十五日の魚の焼物が御馳走《ごちそう》であるほか、毎日は、朝は漬《つけ》ものとうすい味噌汁《みそしる》、昼は漬もの、夜は粗末なおばんざい（主に野菜類のたいたもの）に、一切れでも漬ものをよけいにつけて貰うためには、古参の女中へのべんちゃらも要《い》った。

店の売り前、奥《うちら》の煤はらいも一段落ついてほっとすると、

「年越しそばや、味おうて食べなはれ」

奥から夜なきそばがふるまわれる頃は、もう除夜の鐘が鳴っていた。水洟《みずばな》をすりあげながら年越しそばを食べ、代り合って風呂へ入り一眠りすると、吾吉が奉公してはじめて迎える正月であった。

店々の表には、定紋入りの幕が張りめぐらされていた。大阪一の繁華な順慶町通りも、新年の朝は静まりかえっていた。二丁ほど西向うの新町橋が妙に美しくみえ、橋から浪花屋の辺りまでの道幅が広やかに見えた。橋のたもとから両側に、丸喜呉服店、小山花かんざし屋、福寿袋物屋、藤野足袋店、園田小間物店、生島茶舗などの老舗《しにせ》が軒を並べている。二階の屋根が奥深くから、表通りへぐうっと傾斜して来、どっしりとした厚味の瓦《かわら》が、申し合わせたように軒先近くまで迫っている。甍《いらか》を連ねた商家のたたずまいが、吾吉には重々しいものに思えた。おそうぶつ（現在の賞与に当るもの）にいただいた木綿の綿入れを着、黒木綿の足袋をはいた吾吉は、懐手《ふところで》をしたまま、暫く静かな表通りにつっ立っていた。

正月のお祝い膳は、黒塗り脚付きの角膳だった。いつもの四角い箱膳でないのが、かしこまって正月らしかった。上座《かみざ》の赤塗り定紋入りの御膳の前には、旦那はんと若旦那はんが坐り、その横が御寮人《ごりょうん》はん（船場で奥さんのこと）であった。この正面の上座の両側から、大番頭、中番頭、手代、丁稚ら二十六人が順番に並び、五人の女中も末座に加わると、奥の間と中の間をぶちぬいた二十畳ほどの広さも狭いぐらいであった。奉公人たちはそれぞれおそうぶつの着物を着て威儀を正している。手代以上は、紀州ネルの襦袢《じゅばん》まで重ねて貰い、女中たちも銘仙《めいせん》の着物を着せてもらっている。羽織を許されているのは、番頭だけだった。

「新年おめでとう、昨年はみなよう働いてくれて商売繁昌《はんじょう》やった、今年も達者で御先祖さんのために働いてや」

黒紋付を羽織り、袴《はかま》をつけた旦那はんの言葉とともに、若旦那はんと御寮人はんも鄭重《ていちょう》に奉公人たちに頭を下げた。すぐ大番頭が旦那はんと若旦那はんの御膳の前へたって行き、

「繁昌でおめでとうございます、旧年中はえらいお世話になりまして、今年も大切に御奉公させていただきます」

畏《かしこま》って新年の挨拶《あいさつ》を述べた。続いて中番頭から順次に丁稚まで一人一人挨拶を述べ、屠蘇《とそ》の盃《さかずき》をいただくのが、船場の商家の習わしであった。はじめてこの席に連なる吾吉は、何やら口の中で呟《つぶや》いて這いつくばり、ぶざまな挨拶しかできなかった。

そんな吾吉であったが、旦那はんは目にかけて、顧客《とくい》先の年始廻《まわ》りのお供を云いつ

けた。追い羽根の音を聞きながら、玄関先で待つのは辛かったが、帰り際に心付けて貰うお年玉を思えば、にわかに張りが出た。三軒目の道修町《どしょうまち》の薬種問屋安心堂へのお年始をすませて、本町四丁目の角まで来ると、旦那はんは、

「今日は元旦やさかい、お年玉で千日前ののぞき芝居ぐらいみて来《き》ぃ」

懐紙に十銭包んで吾吉へ手渡した。棒で音頭《おんど》をとって、節をつけて唄《うた》うおっさんの哀れな声を聞きながら、直径三寸ほどあるまるいのぞき穴から、芝居の書割りのような絵がパタンパタンかわるのを見た。正月だというのに、どれも継子《ままこ》いじめとか、親子の別れとか悲しいものばかりだった。帰りに戎橋《えびすばし》北詰めの丸万食堂で茶碗《ちゃわん》むしを食べた。全部で六銭使った。大阪へ出て来て、はじめての散財だった。

店へ帰ると、宵《よい》のうちで、朋輩たちはまだ帰っていなかった。店の間の窓から表通りを眺めていると、氏神の難波《なんば》神社へお参りする新町の芸者が、大げさに色とりどりの腰巻のような褄《つま》をとり、尻《しり》をふって歩いて行った。急に顔が赤らんで仰向けにひっくりかえって、古本屋で買って来た講談本を読み耽《ふけ》り、塩原多助に感心し、今日使った六銭の小遣《こづかい》が惜しまれた。

上女中のお鶴《つる》どんが、店の間をのぞき込み、花がるたを誘った。本を読んでいるからと断わったが、

「御寮人《ごりょうん》はんが遊び相手無うて困ってはるねん、お相手せえへんかったらえらいことになるわ、そのうえ、御寮人はんが皆に負けたげるいうてはるさかい、ええお小遣いかせぎにもなりまっせェ」

それでもと断われず、吾吉も花がるたに加わった。

御寮人はんは、朝のお祝い膳の時とはまた違った薄緑色の華やかな友禅に着替えていた。若旦那はんより四つ歳下で二十八だといわれているのに、子供が無いためか、二十《はた》そこそこにしか見えないほど若やいでいた。何時《いつ》も風呂から上りたてのように白い両頬《りょうほお》から首筋にかけて、ぽうっと桜色に輝いている。若旦那はんも色白で優しい顔だちだったから、揃《そろ》いの内裏雛《だいりびな》などと近所で噂されていたが、二人とも殆《ほとん》ど店先や台所になど姿を現わさなかった。若旦那はんは浄瑠璃の稽古《けいこ》やつきあいに出かけがちで、御寮人はんは奥深い部屋でお茶やお琴の稽古に余念がなかった。吾吉のように幼い時から、働きづめに働く人間しか見て来なかった者には、まるで別世界の人のような存在だった。それだけに、厳格な旦那はんより、この二人の方に気おくれと怖《おそ》れを持っていた。今日も若旦那はんは、商売上のお年始を旦那はんに任せて、芸ごと友だちと白浜《しらはま》へ出かけてしまい、御寮人はんはまるで嬢《いと》はんのように陽気に花がるたをしている。

「さあ、吾吉っとん、うち負けたげるさかい、しっかり勝ちなはれ」

「御寮人はん、わてにもうんと勝たしておくれやす」

お鶴どんや、下女中のお松どん、お梅どんなどが、御寮人はんの機嫌《きげん》をとりながら、小遣いの足しを算用していた。吾吉は少しも気が進まなかったが、故郷の正月でもよくやった手馴《てな》れた花がるたであったせいか、不思議と運がついた。一時間ほどの間、ずっと勝ち通しだった。

「このぼんさん隅におけんわ、御寮人はん、わて、どないしまひょ、一年間ただ働きせんならんほどやられましたわ」

お松どんが泣き顔で、わめき出すほどついて、元銭《もとせん》が三倍になって返って来ても、吾吉は妙に気が乗らなかった。何となく塩原多助にすまんような思いがした。

松の内が過ぎ、正月気分も落ちついて、女中たちがお祝い膳を蔵へ納めているころ、「昆布屋というもんは、自分とこで製造して、自分の店で売る、云うてみたら加工販売や、一人前の昆布屋になろ思うたら、昆布の削り方ぐらい知らんとあかん」

旦那はんからこう云われ、夜の九時まで仕事場で、昆布の加工を見習い、九時から十一時までは店番することになった。

海から採って乾燥したままの原草昆布を酢につけ、酢を吸い上げて柔らかくなった頃合をみて、しわを延ばしてくるくるゲートルを巻くように巻いて一晩置くのを『巻き前《まえ》』といい、昆布を削る前の大切な『下ごしらえ』だった。これを一年間。『下ごしらえ』した昆布を『荒削り』するのが一年間。薄い紙断ち庖丁《ぼうちよう》に鋸《のこぎり》のように二百、目を入れた庖丁で昆布の黒い表皮をかいて『黒とろろ』をとるのが三年。芯《しん》の方の白い部分を削って『白とろろ』をとるのが二年。かみそりのように庖丁をうすく研ぎすまして、カンナ屑のようにかいて『おぼろ昆布』を作るのが四年。一人前の昆布の加工を習い覚えるには十一年かかる。

人によって削った昆布のあし(丈)が短いのや、長いのが出来る。おぼろ昆布の上《じよう》品《もん》は、あしが長く、幅が平たく薄手なもの、あしが短く幅狭の分厚いものは並品《なみもん》とされた。とろろ昆布の上品《じようもん》はあしが短く、綿花のように細かく削られて、舌の上にのせるととろりと、とろろ芋のような感触を持った。並品《なみもん》は、あしが長く舌ざわりが荒かった。下手な者が削ると、庖丁は意地悪く板昆布の上をすべって、あしの長いとろろ昆布が出来上り、売物にならない。最初の酢の漬け工合でも味が落ちた。刀鍛冶《かじ》の火入れ工合と同様に、酢の漬け方一つで、光沢のある味の利《き》いたものが出来たり、出来なかったりする。失敗すると、阿呆《あほ》ォ！　と、庖丁の峰で頭を叩《たた》かれた。

四

七年、ずいぶん辛《つら》い歳月だった。二十二歳になった吾吉は丁稚《でっち》から手代になり、呼び名も吾吉っとんから吾七どんと呼ばれるようになった。この年、明治三十六年の七月に、第五回内国勧業博覧会が初めて大阪の天王寺で開かれることになった。浪花屋は勧業博覧会の一般出品物とは別に、博覧会へお成りになる天皇陛下に、浪花名産として献上品を奉るよう、大阪府からお達しがあった。開会期日までは三カ月ほどしかなかった。

兄弟子四人に混って、お前も御奉公してみいと、吾七は旦《だん》那はんの名指しを受けた。朋輩の白い眼は恐ろしかったが、この時ばかりは吾七の小さい体にも気強い張りが出た。

献上品製造の仕事場は、中央に神棚《かみだな》を祀《まつ》り、定紋入りの幕を周囲に張りめぐらせ、檜《ひのき》で五人の座を桝形《ますがた》に仕切る。白の厚司、白前垂れ、足袋、頭巾《ずきん》の白装束の五人は、浄《きよ》めた体を立膝《たてひざ》に構え、右膝に昆布の耳（はし）を押え込み、たてた左膝の上に左手で片一方の耳をひっぱり、ピーンと伸子《しんし》張《ば》りのように張った昆布の表皮を、ハッと吐く息も軽くすっすっと薄く削る。綿ぼこりのようなこまかい昆布糸が黒く、白く宙に舞ってはその膝元に散り積った。舌ににじみ込むような酢の匂《にお》いが部屋一面にたちこめ、静かな広い部屋が花ぐもりのように煙った。五人の息と、昆布の上を流れる庖丁の音が、規則正しく澄んでいる。そんな中で、互いの、わいが献上品を——という功名心が嚙《か》み合った。

原草昆布は、北海道渡島《おしま》産の甘味に富んだ幅広の分厚い真昆布《まこんぶ》が選ばれ、酢は『三勘《みつかん》』の酢で漬《つ》け前《まえ》した。庖丁は大阪一の刃物と銘打たれた『こがね屋』の庖丁職人が、こがね屋の庖丁に文句云《い》いくさって、罰あたり奴《め》！と、血相をかえて怒鳴り込んで来るほど、何度も打ち直し、研ぎなおさせた。薄刃の固いものでなければ、昆布の上を走る庖丁が甲高くきしって、あしの短い粗い品物が出来た。一月経《た》っても旦那はんの眼に適《かな》う品が出来上らず、誰《だれ》が鑑定に行っても通らなかった。

吾七は酢の吟味が汚れるといって精進料理以外には一切舌を触れず、庖丁を握る指先は紫色にうき、肩の付け根が張って、箸《はし》を握るのも痛がって脂汗をにじませた。寝る時は金だらいの水に指先をつけ、熱をもった手をいたわって横になった。神棚に庖丁を祀って、仕事にかかってから二カ月目、吾七は白く細やかな、舌の上で淡く溶けてしまうほどの白とろろ昆布と、透《す》き徹《とお》るような薄地のあしの長いおぼろ昆布をかきあげた。

「旦那はん、見ておくれやす、雪みたいなもんが出来て――」

と、奥へ駆け込んだ。奥の間へ、ここ二カ月間、置物のように坐り込んだ旦那はんは、待ち受けたように振りかえった。見台《けんだい》の半紙の上に昆布を載せ、じいっと見詰めた。

「ええ容姿《すがた》や、品がええ」

「へェ」

次に、水を含んで口をすすぎ、雪のような昆布を一つまみ舌へのせた。四、五十秒、舌が緩く、慎重に動いた。

「風味もええ――、御苦労はんやった、吾七どん、ええ奉公人持ったもんや」

旦那はんは静かに頭を下げた。吾七は答礼のしようもなく、体を固くして坐り直した。

おぼろ昆布は『御殿昆布』、白とろろ昆布は『雪の露』と名付けて献上した。入れものは、大阪の箱屋で気に入ったのがなく、京都四条河原町の『桐惣《きりそう》』で、幅五寸、丈一尺、深さ三寸の桐箱を誂《あつら》えた。

この献上品に、お上《かみ》からの褒状《ほうじょう》を授与される旨《むね》、大阪府知事から通達があった。七月十八日が、その褒状授与式の日だった。吾七は旦那はんに随《つ》いて大阪府庁で行われる式に参列することになった。朝早くから黒の単衣《ひとえ》木綿の着物の上に、番頭はんから借りた黒紋付の夏羽織を重ねた。紋付の羽織など着たことのない吾七に、この日ばかりは御寮人《ごりょうん》はんの指図でお鶴どんがきっちりした着付をしてくれた。暑い夏のさかりに羽織など着て、吾七は貧血でも起しそうなほど息苦しかった。旦那はんは上下とも平絽《ひらろ》の黒紋付を重ねて支度を整えると、奥の間に坐って涼しげに扇子を使っていた。

若旦那はんの足音が、奥の間へ続く廊下に乱暴に聞えた。

「お父はん、あない昨夜《ゆうべ》から云うてんのに、やっぱり吾七を連れて行きなはるのか、今日みたいな晴れの場へ、あんな貧相な醜男《ぶおとこ》を、恰好《かっこう》が悪いやおまへんか」

「もうええ、その話は昨夜すんで、ちゃんときまってる」

「二人行けるのなら、わいが行くのがあたりまえやおまへんか、わいの顔や立場もあるやおまへんか」

「今日のお褒《ほ》めには、献上の品を造らせた者と、造った者だけ行ったらええ、お前の顔や立場なんか考えんでもええことや」

「さよか、どうぞお揃いで行っておいでやす」

衝立《ついたて》が倒れそうな激しい気配で、若旦那はんは席をたってしまった。吾七は辛かった。平常は商売のことなど全然、無関心に見えた若旦那はんであったが、こんな晴れの場には非常な関心をもっていた。三十八歳になっても、吾七がはじめてこの店へ奉公した時からの我儘《わがまま》なぼんぼん気質が変っていなかった。店があって、銭があって、男前が整っていて、面白《おもろ》いこと、楽しいこと、ええことは皆自分がしてみたい人だった。

定刻より半時間前の、九時半に大阪府庁へ行った。玄関から三階の式場までに紅白の幔幕《まんまく》がずっと張られ、その麗々しさに吾七は気を呑《の》まれ、三階の式場まで出会う人ごとにぺこぺこ頭を下げた。式場の正面には両陛下の御真影が掲げられ、紋付に威儀を正した人々が正面に向って並んでいた。他の部門で浪花屋と同じように褒状を受ける人や、府会議員、業界の役員たちであった。吾七は、旦那はんの肩に隠れるようにして、体を固く小さく坐っていた。

急に浪花屋の名前が呼びあげられた。旦那はんのうしろに随《つ》いて席を起《た》った。眼の前にフロックコートを着た厳《いかめ》しい知事閣下が、真っ白な褒状を差し出していた。旦那はんが深く頭を垂れて一礼した。吾七も思わず、

「ヘェ――」

大きな声を出し、頭を膝にこすりつけて、しばらく頭をあげなかった。かたわらの役人に注意されて、あわてて頭をあげると、もう旦那はんは元の席へ着席し、参列の

人々が苦笑していた。

褒状授与式がすむと、旦那はんは昼食会の席へ出ることになった。吾七は旦那はんの許しを得て帰途、浪花屋の出品物が展示されている内国勧業博覧会を見に行った。旦那はんから預かった褒状と銀牌《ぎんぱい》は白い風呂敷《ふろしき》に包み、上の方へ抱えあげるように持っていた。

茶臼山《ちゃうすやま》の高台一帯に広げられた会場は七月の暑い盛りであったが、沢山の人出だった。正門前には村井兄弟商会という煙草《たばこ》会社（当時、煙草はまだ専売ではなかった）の高い広告燈が突っ立っている。これは夜になると探照燈を照らし、〝道頓堀《どうとんぼり》歩いてて、字見えるわ〟といわれるほど明るかった。会場の二カ所に造られた噴水は、はじめて水が中空へ起つのを見せ、特に入口のは一丈八尺の滝を七色の電燈の仕掛で照らし、水の中に電気がついてるわと、これも珍しいものぐいの大阪人を喜ばせた。

入口から一番近いところに、不思議館が見えた。吾七は舶来ものばかりという好奇心につられて覗《のぞ》いてみると、無線電話、X線、天然色写真実体鏡、大声発音機、世界望遠鏡から電気作用アイスクリーム、電気扇などが、いやにピカピカしているだけで、吾七は案内人の説明もわからず興味がなかった。

博覧会の本館は、農林、水産、工業、機械、教育、美術、動物、水族の八館だった。

この中、農林、水産館には、大阪の著名な商店からの出品物と、他《ほか》の都市の名産が一堂に集められていた。

人波と熱気にふやけ、夏羽織をぬいで尻からげしていた吾七は、水産館の前まで来ると、あわてて身繕いして、ごめんやす、とよその店へ入るように愛嬌《あいきよう》笑いをふりまいて門をくぐった。乾製、燻製《くんせい》の魚介類、寒天、海苔《のり》、海綿など、水産部門全般にわたって陳列されていたが、そんなものに眼もくれず、吾七はあたふたと昆布の陳列場の前のてすりにしがみついた。陳列棚にへばりつけた顔から大粒の汗が、ガラスの上をべったり這《は》って、鼠色《ねずみいろ》の地図を描いた。

「京都、神戸、東京、敦賀《つるが》、どこのもなってへん、仕上げが悪い、あれは酢加減が下手くそやからや、切り目も大目で粗い、もっとど性骨入れて造りけつかれ、やっぱり昆布は大阪や、どや、みてみい、みてみい――」

夢中になって力んでいるうちに、右手に持った大切な褒状に力が入りすぎて皺《しわ》になってしまった。

この日の夕方、旦那はんから、褒状持って故郷《くに》へ帰りお母はんに喜ばしたげと、ねぎらわれ、吾七は四、五日暇を貰った。

母は六十九歳になっていた。七年前、吾七が淡路島を出る時、洲本《すもと》の港まで送って

くれた母であった。既に父の亡くなってしまった百姓家に兄夫婦と住む母は、吾七と別れる辛さを忍んで、

「病気よりほかのことでは帰って来なさるな」

懐《ふところ》から温かくなった小さな布袋を吾七に手渡した。布袋の中に母が僅《わず》かずつへそくりした三十五銭と、人に書いて貰った大阪の口入屋の所書きが入っていた。この七年の間に、母は筆をとれず、吾七も手紙が不得手であったから、殆《ほとん》ど便りしなかったが、必ず盆と暮には母への小遣を送っていた。この小遣の額が一回ごとに多くなって行くことが、何より吾七の健康と働きを物語り、母を安心させていた。今度の帰郷には、献上品と同じ『雪の露』と『御殿昆布』を携え、別に一円を包んで母に渡した。

「百姓を嫌って大阪へ飛び出したお前が、天子さまのお口へ入るものを——」

と、もったいながり、せっかく土産にしたその昆布を神棚と、亡父の仏前に供えたまま黴《かび》にしてしまった。兄夫婦と子供たちに大阪の粟《あわ》おこしを土産にして喜ばせた。

大阪へ帰る時、吾七は母親を伴い、死ぬまでに一度観《み》たいと云っていた道頓堀の芝居へ連れて行った。母親は、あれが成駒屋《なりこまや》か——と、鴈治郎《がんじろう》の紙治《かみじ》の艶姿《あですがた》をつくづく眺めて、重箱の寿司をころりと膝の上にとり落した。そんな母の姿を見て、もう長いことはあるまいと、ひそかに思ったのが虫の知らせだったのか、淡路島へ帰って隣近

所へ土産話をふりまく暇もなく、ぽっくり死んでしまった。

母親を失ってからの吾七は、さらに精を出して働いた。そんな吾七に、朋輩や番頭は意地悪くあたった。食事の時には、何やかやと吾七に手間取らせ、遅れて御膳《おぜん》につくと、お櫃《ひつ》の底は心細く、漬物はへたばかり転がっていた。ことに兄さん株の番頭の清助は、何時《いつ》もけっかい（帳場の四角い仕切）の奥から小意地の悪い眼を光らせて、ちょっとした吾七の粗忽《そこつ》でも傍《はた》の者が、驚くほど声高に叱《しか》りつけた。わざと算盤《そろばん》ののろい吾七に、店じまいの勘定を云いつけ、売上を坊主の念仏のような早さで読みあげた。勘定の合わぬ吾七に、

「ようそんなんで、早う手代になりくさったなあ、お前だいぶん旦那はんのひいきやぞォ、こん畜生が」

と、いじめにかかり、勘定が合うまで十二時が鳴っても許さなかった。

「御破算《ごわさん》で願いましてはァ」

奥へ聞えるように声を張りあげて、何度も弾《はじ》き直しが続いた。

「もうええ、馬鹿たれ」

こづかれた時は、しびれがきれて起《た》てなかった。それでも吾七は、これも奉公のうちと辛抱し、

「お世話さんでございました」

こう挨拶《あいさつ》して、手をついた。

お店《たな》奉公といえば、丁稚を十年、手代を三年ほど励んで、やっと一人前に認められ、顧客や仲間に応対したり、帳簿、出納を預かる番頭になれるものと聞いていたが、丁稚を七年勤め、手代になって二年目、朝の氏神詣《まい》りから帰った旦那はんに呼ばれ、

「明日から羽織着てもええぜェ」

丁稚になってから毎日夢みていた『羽織着た番頭はん』が、この日から許された。呼び名も『七』のかわりに、番頭名の『助』がついて吾助になった。二十四歳で給金は十一円になった。

五

さっそく、翌日から旦那《だん》はんに代って、靱永代浜《うつぼえいたいはま》へ昆布の仕入に行った。北海道から昆布を積んだ本船は安治川《あじがわ》の沖へ入り、沖から艀《はしけ》で堀江川《ほりえがわ》をさかのぼり、靱永代浜に水揚げして、そこで入札がはじまる。

徳川時代から諸国の物産の集散地として大名の蔵屋敷が棟《むね》を並べた大坂へ、正徳年間、近江《おうみ》商人が米、木綿類の日用品を蝦夷《えぞ》松前へ積み上り、帰途の空船に昆布を積み

下って来たのが始まりで、南堀江二番町、北堀江三番町、靱北通、中通りに昆布問屋、仲買商が集まった。

昆布は生産地の仲買人がその時の相場で生産者から買い取り、函館《はこだて》、釧路《くしろ》、小樽《おたる》の集散市場の問屋へ転売したりした。或《ある》いは問屋が仲買人を自分の手先にして、一定の手数料を契約し買い取らせた昆布を、大阪の荷受問屋へ積荷した。荷受問屋は、十貫目につき水揚げ賃五厘《りん》、蔵入賃四厘、蔵出し賃五厘の手数料のほか、取引額の四分の口銭《こうせん》をとって、昆布加工、小売商人に売りさばいた。船賃と荷造り費は問屋が持った。小資本の店は、みすみす仲買いの手をくぐっては損だとわかりながら、資金繰りの苦しさから仲買人を頼った。その上、小売商人は大量の昆布を保管する荷受場を持っていなかったから、部屋《へや》口銭と呼ばれる蔵置き賃まで仲買いに取られながら、少しずつ買いつけていたため、仲買商も充分たって行けた。下手をすれば、小資本の小売商人が汚れた木綿の厚司《あつし》を着、仲買人がぞろりとした絹の着物、くわえ楊枝《ようじ》で歩くのも浜筋らしい風俗だった。

昆布の仕入は一年に一回、九月中旬から十一月一杯でしまいだった。この仕入時には、女房の腰巻を質へ入れてでも、有金をひっさらえて一年間の仕入をする時だった。北海道でも樺太《からふと》でも、七月二十一日の土用の入りから八月中旬までに昆布の採集を終え、雪や結氷で交通が跡絶《とだ》えぬうち十一月一ぱいに大阪へ送り込んでしまう段取りだった。

このうち、七月中旬に採れた昆布が『走《はし》り』といわれ、昆布の地をすかしてみると飴《あめ》のように透き徹った風味最高の上もの。八月一日から八月十五日までに採れたのは『中《なか》どれ』、これは地が厚く、艶《つや》がどす黒く濁っている。『後《あと》どれ』は八月中旬から九月一ぱいに採り、昆布の地肌《じはだ》が蛙《かえる》の背中のようにきめが粗く、味もうんと落ちて来る。こんな昆布の鑑定は、十年、二十年の年季を入れた熟練した昆布商人には見分けがついたが、駆出しの吾助の眼には、どれも同じ厚さ、同じ色をした褐色《かっしょく》の昆布に見え、加工以前の原草昆布のままでは、味もちょっと利《き》けず、全く勘に頼るより仕方がなかった。

吾助は『走り』の仕入値の高さにひるみ、次に入荷してくる『中どれ』の良質ですましておこうとあてにしたあげく、海が荒れて次の荷が入って来なかったり、上《じょう》ものがあとから入って来ると云《い》う浜問屋の言葉を信じて次の船を待ち、しまった！　と気が付いた時は遅かった。上ものは全部浜問屋の倉庫に納まり、高値をつけられて、大穴をあけてしまったりした。昆布の優れた鑑定と、その年の天候をにらみ合せた入荷の機敏な見通しが必要だった。

当座は、吾助も失敗ばかりして、店へ帰るなり辛い詫《わ》びごとを重ね、気が重かったが、「商売や、儲かる時もあるかわり損することもあるわ、損も資本《もと》や、高い銭かけた勉強やさかい、しっかり生かしや」

旦那はんは苦い顔一つしなかった。眼さきの小さいかけひきを、きっぱり突き離してかかる仕入の勝負の大きさを、吾助は悟った。

当時明治三十七、八年の日露戦争で、昆布は兵食用として軍部にどんどん買い上げられたため、昆布の相場は上り大へんな景気だった。取引高は大きく、僅かな眼の間違《くるい》が店の算盤を割るほど危ない勝負だったが、吾助にとっては千載一遇の時で、仕入れ修業に身が入った。

二年、三年と、そんな大きな仕入の場数を踏めば、浜問屋の相場にあおられたり、あくどいかけひきに足元を掬《すく》われるような失敗は無くなった。浜へ行って仲仕《なかし》にポチ（祝儀《しゅうぎ》）をひねって北海道の様子を耳うちして貰《もら》ったり、問屋の番頭に卑屈になって女を世話しなくても、靭浜通りの料理屋で、盃《さかずき》を傾けながら、せり合うて入札するぐらいの貫禄《かんろく》ができて来て、思わぬ儲けも多かった。何時《いつ》のまにか、浪花屋の大番頭はんといえば、風采《ふうさい》のあがらぬ小男ながら、殆ど主人と違わぬ待遇を受けるようになった。買い込んで靭の倉へねかしておいた昆布を、月に二回荷車で丁稚が三人、百五十貫からの荷を積んで帰って来る日は、吾助自身、店先へ打ち水し、厚司に前垂れをつけて荷下ろしを迎えた。

仕入前のお盆には、殆ど一年中の昆布を売り尽くし、靫の浜問屋に泣きついても断わられた小売業者が、浪花屋の店先へ着く荷車を待ち構えて、

「頼むさかい売っておくなはれ、中元用の品もあれしまへんねん」

執拗《しつよう》に口説かれることもしばしばだった。今年はきっと後どれが入れへんと見込み、吾助が大胆に買い占めておいたのがあたり、三倍にも飛んで売れることもあった。しかし、今年は危ないと思えば、どう泣きつかれても首を横に振って、二年越しに荷を抱いて不作の年を切り抜けた。旦那はんも何時しか、お前は商売の神さんやと嘆声を洩《も》らし、二十七歳の春、店には惜しい者やけど、お前はもう一人前やと暖簾《のれん》を分かたれた。

六

御礼奉公を一年勤め、別家料として二百五十円、商い道具一式を頂戴して、本家から北へ行った立売堀《いたちぼり》に間口一間の軒店《のきみせ》を借りた。奉公名を返上して、奉公してから十三年目に本名の八田吾平に還《かえ》った。二十八歳になった一月十日の今宮戎《いまみやえびす》のお祭の日だ

った。

福を授かる神で商売繁昌の縁起のお祭というので、大阪の商家は夕方ともなれば、店を掃き大戸《おおど》を下ろして、丁稚や女中が祝儀袋を懐《ふところ》にいそいそ連れだった。大国町《だいこくちょう》から今宮戎社の境内まで両側に出店が立ち並び、アセチレンガスの青い光の下で、赤、青、黄などの極彩色のお多福飴やひねり飴がぎらぎら輝き、カン高い客寄せの声が歩道一杯に埋まった人波の中でかしましかった。

首だけが前へ押し出されそうなきれ目のない人混みの中を、旦《だん》那はんや御寮人《ごりょうん》はんたちが、小判、米俵、大福帳などの張子《はりこ》をぶら下げた縁起の笹《ささ》をかざしてねり歩いている。誰かにいたずらされたらしく、キャッとはしたない悲鳴をあげた嬢《いと》はんも、一《いっ》張羅《ちょら》の着物を着て赤い桃割れの髪に小さな戎笹《えびすざさ》をさしていた。この今宮戎社の恵比須《えびす》、大黒神の前では、誰も神にはばからず、金儲《かねもう》けを祈って拍手《かしわで》を打った。賽銭箱《さいせんばこ》の上《あが》りは毎年、大阪中のどの祭より一頭地をぬき、今年の戎さんのお賽銭はなんぼあるやろと、大阪人の銭勘定の大きな噂になるほどだった。賽銭箱に飽きたらず、出来るだけよう儲けさしとくなはれやと、体を乗り出して社殿の奥をめがけて賽銭をほうり投げる人もあり、巫女《みこ》は、ばらまかれた銭の上を踏んで、ヒュー、デンデンと神楽《かぐら》を舞い、大阪の景気を煽《あお》った。

吾平も主家の繁栄と、今後の自分の立身出世を祈願して、思いきって五銭、巫女の肩越しに奥へ投げつけた。体をうんと前へのめり出し、あさましく肘《ひじ》を横へ張って投げた手が、すぐ横のおっさんの頭へあたって、

「なにさらしてるねん、大黒はんの打ち出の小槌《こづち》違うぞォ」

大きな声で怒鳴られた。

縁起をかついで張りこんだ大きな笹を肩にして、その足で吾平は順慶町の浪花屋本家へ挨拶に向う途中、八幡筋《はちまんすじ》から御堂筋《みどうすじ》へ出る角で、ふと見たことのある顔に気付いた。路上に店を開き、焰《ほのお》の小さい薄暗いアセチレンガスの下で、ネルの縫いぐるみでお腹《なか》を押せばキュッキュッとなく泣き人形を売っていた。足を止めると、やはり順慶町の店で奉公していた時の朋輩《ほうばい》の太吉どんだった。

「なんや、太吉どんやあらへんか、わい一緒やった吾吉や」

「いや、えらい落ちぶれたとこ見られてしもた」

顔をそむけて太吉は辛がったが、人気《ひとけ》のないのを幸いに簡単に店じまいさせ、近くのめし屋へ入り親子丼《どんぶり》を注文した。

「なあ、吾吉っとん、浪花屋の奉公があんまり辛いのんで逃げ出してしもたわいや、それから日本橋《にっぽんばし》の古着屋ならちょっとはましやろ思うて行ってみたけど、やっぱりえ

らい、次は瀬戸物町《せともんちょう》の陶器屋、道修町《どしょうまち》の薬屋、平野町の履物屋、つぎからつぎへ行ってみたけど、船場の丁稚奉公はどこも一緒で辛いことばっかしで、わいには続かなんだ、一カ所で勤まらん奴《やつ》はどこへ行っても同じや、それからいうもんは、船場のお店《たな》奉公してえらい大阪商人になり上げたろいう気無うなってしもた、何でもええ、体さえ楽やったらという気になって、こないになってしもたのや、笑《わろ》てんか」

丼の底をつつきながら、太吉は肩をすぼめた。正月過ぎの夜というのに、太吉は薄汚れた袷《あわせ》に筋のきれた兵児帯《へこおび》を巻いていた。履物一足買えぬらしく、鼻緒のきれそうな下駄《げた》をつっかけていた。

「ほんまになあ、お互いに辛い奉公やった」

吾平もうなずき、奉公の苦しさをなまなましく思い返した。

「これで、なんぞ買うて食べてんか」

小銭を包んで、尻ごみする太吉の手に握らせた。

本家は、奉公人達が早くから今宮戎に出払っていた。御寮人はんも、今宮戎の帰りに中座《なかざ》へ芝居を観に行き、旦那はんが独りぼそんと背中をまるめて炬燵《こたつ》に入り、絵本太功記の三段目を語り、広い家の中に妙に声高くひびいた。吾平は邪魔にならぬよう、そっと十六燭《しょく》の電燈のともった薄暗い居間の敷居際に坐って聞いていた。

犬の子のように四つ橋のたもとで拾い上げられ、今日までに仕上げて貰ったことが、今更ながら身にしみた。旦那はんは七十三歳になっていた。

「吾平かァ」

旦那はんは、思いがけぬ優しい声で振り向いた。

「お前に、もう教えたることなにもあらへん、しっかり商いして、ええ商人《あきんど》になってや、商売人というもんは何事堪忍《なにごとかんにん》やぜェ、わいが六十の還暦に書いた文句が、この四字や」

翌日から吾平は、『何事堪忍』で働いた。

毎朝五時に、浪花屋本家の丁稚が寝呆《ねぼ》け面《づら》して大戸をあける頃には、その日の品物を仕入に来た小商いの吾平の手押車が、大戸の前に止っていた。ついこの間まで羽織をきて大きな店の暖簾によりかかっていた番頭姿の吾平が、厚司《あつし》に木綿の前垂れを締め、自分自身の実力だけの姿でつっ立っていた。

加工技術を習得している吾平は、加工品を買うような口銭のうすいことはしなかった。原草昆布百匁三銭として、下ごしらえに一銭、とろろ昆布を削るのに二銭、おぼろ昆布を削るのに三銭かかる加工賃にぬけ目なかった。商いの片手間に夜業《よなべ》までして加工し、他の店が百匁八銭で売っているとろろ昆布を七銭に、百匁十銭のおぼろ昆布を九銭にして売ったので、たちまち安いという評判をとってしまった。よく売って、毎日のように原草を仕入れに来る吾平に、旦那はんは欠かさず売上高を聞いて喜んだ。吾平の仕入れる品物は、番頭任せにせず、旦那はん自ら蔵へ入って上等の品物を安く卸し、几帳面《きちようめん》な吾平の払いにも、節季でええと労《いたわ》るのをみて、他の別家衆《べつけし》は横眼で嫉《へん》妬《ねし》した。

七

別家して半年目に、吾平の商いの目鼻もつきかけると、旦《だん》那はんから縁談を勧められた。旦那はんの姪《めい》にあたり早くから両親を失い、叔母に育てられたおとなしい娘だった。吾平は、自分自身が五尺一寸の小柄《こがら》で顎《あご》がえらのように張った顔をし、小さい眼がいやに光っているのを知っているだけに、配偶者を特に選ぼうなどという気は持っていなかった。しかし、商売人の女房は奉公人同様の働き者やないといかんと考えていたから、旦那はんの亡くなった弟の娘などというのは、どうも気が進まなかった。この点を思いきって旦那はんに話してみた。

「やっぱり働き者のお前らしいことといいよる、それにお前、わいが息子にあんな悠長《ゆうちよう》な嫁貰《もろ》うたさかい、信用してへんのやろ、あれは一人息子の好いた嫁や、わいかて一人息子にだけはあかんもんやなあ、そやけどお前には間違いせえへん、お千代は昆布でいうたらええ海でとれた真昆布《まこんぶ》や、日をおくほどようなるぜェ」

「へェ、真昆布でござりまっか、そんならどうしてでもお頂戴したいもんだす」

旦那はんほどの昆布の鑑定《めきき》が、真昆布に例えるほどの娘なら文句はなかった。

お千代は平凡な十人並の器量に、中背のやや小肥《こぶと》りの健康そうな体をしていた。その平凡で健康な感じにふさわしく、嫁入荷物も、客用の座蒲団《ざぶとん》や寝具を張り込み、晴着や長襦袢《ながじゅばん》には無駄な費用をかけて来なかった。はじめは吾平も、誰かの知恵だと思っていたが、これが節約《しまつ》なお千代の性格だということが解《わか》って来た。

新婚早々でも、八百屋や魚屋の買いものは細かかった。台所へ廻《まわ》って来る魚屋など、小便《しし》しとなったというほどひつこく値切り、値切っただけのお代で魚の焼物に銚子《ちょうし》をつける世帯上手であった。

結婚後、一カ月目、お千代と丁稚の定吉を相手にして、歳暮用のとろろ昆布の袋を仕分けていると、急に慌《あわただ》しい半鐘の音が鳴り出した。表通りを走る人声の中から順慶町が火事や、と聞くなり吾平は飛び出した。昼間の火事は遠く見えたが、走ればすぐ浪花屋の本家の辺りで、蒲団や箪笥《たんす》を荷車に積み込んで来る人混みにぶつかった。人の流れに逆《さか》らって、順慶町通りへ出る角を折れると、火の手は御堂筋《みどうすじ》の方から本家の

五、六軒前まで迫っている。

旦那はんは留守だった。丁稚や手代が原草昆布の束をかつぎ出し、荷車を引きずって右往左往している。吾平はすぐ奥へ飛び込んだ。簞笥や長持が散乱し、女中が着物が焼けるゥと泣き喚《わめ》いている。中の間、次の間と夢中でくぐり、二階へ駆け上って仏壇の間へ入った。窓から煙が吹き込んで来た。二間押入れほどある飴色《あめいろ》塗りの大きな仏壇の前で、御寮人《ごりょうん》はんが煙に咽《むせ》びながら位牌《いはい》を移していた。吾平は御寮人はんに替って、いきなり位牌を小さな仏壇に移しかえて背負った。東側の天窓から強い勢いで煙と火の粉が流れ込んで来たが、吾平は表へつっ切った。

「ああ、浪花屋の暖簾が助かったぜェ」

と、叫ぶ群衆の声に振り向くと、若旦那はんと大番頭の米助が暖簾をはずして、火の粉の中をくぐりぬけて来た。仏壇と暖簾の無事な姿をみて、御寮人はんも、若旦那はんも、番頭も丁稚も慟哭《どうこく》した。火事をみていた人たちも思わず瞼《まぶた》を熱くした。

暖簾は商家の命だった。分家、別家はもとより、主家の一族も暖簾には一礼して通り、頭でずいと押しわけることなど許されなかった。それだけに生死を賭《か》けても守らねばならなかった。そのような暖簾を遵奉《じゅんぽう》する商人の掟《おきて》が観ていた人々の心を打った。

浪花屋は蔵を残して全焼した。

火元の丸喜呉服店の主人は、紋付羽織に袴《はかま》をつけ、足元は跣《はだし》のままで、「火出ししておわびの申しようもござりまへん、どうぞこの通りで――」類焼した隣り近所へ土下座に廻った。これが船場の火出し人の作法であった。昨日までその主人の肩先に尊大におぶさっていた㊂の紋が、肌寒い十二月初旬の冬空の下で惨《みじ》めに落ちぶれていた。

「吾平、わいはこれで一生に三回火事に遭《お》うた、その度に箸《はし》一本から買いなおしてここまでやって来た、悲観せんかてええ、焼けぶとり云うて、焼けてから運むいて儲けることもあるもんや」

旦那はんの言葉通り、焼けてから二カ月もたたぬ間に元通りの商いをはじめて、親族や別家一同を驚かせた。繁昌は前にも増したが、七十四歳の老齢には勝てず、それから一年目の冬、旦那はんは風邪をこじらせて亡くなった。

さすがに立派な葬儀だった。白の裃《かみしも》をつけ位牌を持った若旦那はんの後に、駕籠舁《かごかき》の肩に乗った旦那はんの寝棺が静かに揺れ、そのあとに浪花屋の暖簾下一同が揃《そろ》いの白装束で長く続いた。

霧のように煙った氷雨《ひさめ》の中で、白い行列が音もなく濡《ぬ》れそぼれ、店々の大戸《おおど》は浪花屋に深い弔意を籠《こ》めてひっそり閉ざされていた。町並は息をひそめて葬列を見送る人々の影で、重たく掩《おお》われていた。一人の立派な大阪商人の死であった。吾平は、腹の底でごつごつ鳴るものを必死に押えて歩いていた。

「旦那はんが死なはった、わいはどないしたらええのや、どないしよ」

十数年の心の拠《よ》り処《どころ》を失った吾平は、大声で喚き、突然、その場にぶっ倒れそうだった。

臨終の旦那はんは、親類一族、先輩の別家《べっけ》衆《し》を前に置いて吾平に、

「息子は四十五歳にもなる一人前の商売人やけど小さい時から体が弱うて、厳しゅう商売を仕込んであれへんしその才も無さそうや、もし、あいつがあかんでも、別家衆の誰かが、立派に浪花屋の暖簾をたてて呉《く》れたら満足や、中でもわいが見込んで、人よりきつう躾《しつ》けたお前のことや、とりわけ浪花屋の暖簾大事にしてや」

と、遺言した。その言葉が身に余った吾平は、腑《ふ》ぬけた体を無理に支え直し、まだ本家の奉公人達がうろうろ旦那はんの生前の噂話に日を送っている初七日に、荷車をひっぱって靭《うつぼ》の浜通りを往来した。

八

別家して三年は夜《よ》徹《どお》ししてでも働くもんや、家賃と米代と税金滞らすような者は一

人前の商人《あきんど》にはならへんというのが、亡くなった旦那《だん》はんの持論であった。この旦那はんの言葉を一途《いちず》に守って三年。正月の三日間も休まず商いするので、近所の店から苦情が出た。その度にさらに意地になって働き、遅くまで夜業《よなべ》した。

木枯しの吹きつける寒い冬の夜、夜業を終えて夜なきうどんを食べるのが、何よりの楽しみだった。

「うどーん、夜なあーきうどん」

木枯しの中から、哀調を帯びたしーんとした声が聞えて来ると、

「おっさん、ここ頼むぜェ」

車を呼び止めて注文した。

「へェ、毎度おおけに」

屋台を止めると、バタバタと団扇《うちわ》で火を起し、あつあつの夜なきうどんを手早くこしらえて運んで来た。フーフー吹きさましながら、さいごのだし汁まですすってしまうと、ほうっと体の中が温まり、仕事の疲れまで癒《なお》るようだった。年の瀬に近づくに連れ、そこここの店から屋台を止める声が多くなり、奉公人だけではなく、旦那衆、御寮人《ごりょうん》はんまで屋台ものの夜なきうどんをとって食べた。

——なんで、あの夜なきうどんがうまいのやろ、あのだし汁がミソやなあ——と、

吾平は眼をつけ、それから毎夜、夜なきうどんの屋台を呼び止めた。注意深く見ていると、屋台の真ン中の銅壺《どうこ》に徳利が二本すえてあり、それでかわるがわるに昆布だしを作り、一番良く出たところへ花かつおをポッとほり込み、醬油《しょうゆ》で味つけして、かつおの香りをきかせて出すのであった。昆布だしとうす口醬油の味つけが、コツであった。昆布だしを元にしているから、まったりとしてコクのある味わいが舌に残った。それで夜なきうどんのだし汁は、全部すすってしまう人が多いわけだった。

「よっしゃ、夜なきうどんのうまいもとが昆布だしと解ったら、もっと安うてええ昆布卸したらんといかん」

と、吾平は意気込んだ。夜なきうどん屋が使っているのは、普通の出し昆布であった。これを、北海道渡島《おしま》産の上等の『元揃《もとぞろ》え昆布』を使ったら、文句がなかったが、値段が倍ほど違った。思案を重ねた末、吾平は、『元揃え昆布』は耳を裁《た》ち、型を整えて売る場合が多かったから、その裁ち残しを一括して、夜なきうどん屋へ安く卸すことを考えついた。

思いがけない原料に、夜なきうどん屋は喜んだ。たちまち大阪市内に二百台ほどあった屋台車が、吾平の店へ集まった。夜なきうどんの屋台から、浪花屋の昆布だしを使ったうまいうどんが船場の商家に運ばれた。うどん屋の口から浪花屋の昆布のうまいう大阪の一流のうどん屋からも、大口の注文を受けるようになった。しまいには、大阪心斎橋の『ゐび丸』、道頓堀《どうとんぼり》の『井筒』などという大阪の一流のうどん屋からも、大口の注文を受けるようになった。

奉公人を五人置けるようになり、吾平が開店した時から来た丁稚の定吉が先輩面をするようになった頃、長男の辰平が生れた。結婚してから四年にもなるのにお千代に子供が恵まれず、達者で働きものでも冷え性の女はあかんとこぼしていた矢先であったから、喜びが大きかった。普通より二百匁も重い辰平を何度も抱えあげて、わいの二代目さまやと奉り、さらに商売に身を入れた。

主人の吾平はんが働き者で、味と値で売る立売堀《いたちぼり》の浪花屋と云われ、大阪中の四十軒を越える浪花屋の暖簾下一族の中でも、相当な信用を得るようになった。『灘万《なだまん》』からも注文を受けるようになった。『灘万』の調理人は、口うるさい食通の大阪人のあいだでも、うまいもん作りの板前はんといわれ、食い倒れの大阪の随一の調理をする料亭だった。初注文の品もの納めの日には赤飯を炊《た》き、通い櫃《びつ》から上等の酢の匂いをこぼして、吾平が後押しする荷車は力がはずみ、みっともないほど威勢がよかった。続いて『灘万』が堂島川をまたぐ難波橋《なにわばし》の角に乾物、佃煮《つくだに》、肉類、罐詰《かんづめ》、洋酒などの大阪で最初の総合的な食料品店を開いた時は、便利がええと市民から喜ばれ、その一日の売上高は、小売商人の吾平を驚かせ、近代的な組織というものへの眼を開かせ

た。その後、高麗橋《こうらいばし》にはじめて三越百貨店が出来ると、まだ洋館建ちの外囲いの板がとれぬうちから取引を頼みに行き、

「六階建ての百貨店でわいとこの昆布売るのやぜェ」

と、一晩お千代をとらえ、銚子《ちょうし》を並べてひつこく繰り返した。

九

第一次欧州戦争が始まった。吾平は三十三歳になった。輸送力の不足は昆布の仕入にもひびき、北海道、樺太《からふと》から入って来る昆布の移入数量が、日に日に減って来た。吾平は終日、安治川《あじがわ》の沖と、梅田の貨物停車場で、船と汽車を待ち焦《こ》がれた。入荷の工合を平年の二、三分ぐらいとにらんだとたん、日露戦争に昆布が兵食用として軍部へ大量に買い上げられた事が機敏に頭へ来た。

翌朝、親の臨終に駆けつけるように気色ばんで北海道へ発《た》った。せかせかと赤切符を帽子のリボンへはさんで汽車へ乗り込み、便所に近い勝手のよい席を陣取った。

「うんとこれから儲かる時に、靱《うつぼ》の浜問屋で入札してたら間に合えへん、大口に仕入して右から左へどんどん売り捌《さば》いたら、北海道まで行ったかて足代ぐらい出た上、おつりも出よるわ」

いったん、東京まで出て、上野駅で東北線に乗りかえ、青森まで二昼夜ぶっ通しで揺られた。青森まで来ると、腰が痛み背骨にまで堪《こた》えたが、吾平は宿賃も日数も、もったいないと思った。一泊せずそのまま青函《せいかん》連絡船に乗り込んだ。船底の三等の船室には、行商人や漁夫たちが寝穢《いぎたな》くねそべり、行商用の大きな荷物が横着に広い場を取っていた。その間に割り込むようにして入り、吾平はやっとここで二昼夜来、腰かけたままであった体を横に延ばした。横になると急に疲れが出て来て、うとうと眠りそうになったが、腹巻の中の仕入用の大金が気になって、

「こんなぶっそうな雑魚場《ざこば》みたいなとこで、うっかり寝たら、いかれてしまうがな」

腹巻をぐうっと押え、小さな眼を無理に光らせた。舷側《げんそく》のまる窓から見える海は、吾平がはじめて見る津軽海峡だった。白い波頭が、深い海の色の中で大きくうねっていた。

函館《はこだて》へ着いたが、これが夢にも見た北海道の玄関口かと思うほど呆《あ》っ気《け》なかった。妙に閑散とした街中に、寒々しく旅館がたち並んでいた。長旅に疲れた吾平は、転がり込むようにその一軒に入った。晩酌《ばんしゃく》をかたむけながら、宿から借りた北海道の地図を広げ、蝙蝠《こうもり》のように羽を広げた地形を見て、

「これが、これからわいの行かんならんとこか、このうち何処《どこ》かに、わいの欲しい欲

しい真《ま》昆布《こんぶ》があるねんなあ、まるで宝探しか、ええ女探しみたいやないか」

眼を細めながら、思いついた浜の仕込主（漁村の網元のようなもの）へ電報を打った。

　ナニワヤキタエエノカフ」ゴヘイ
と打って、あいつらびっくりしよるやろと、吾平は上機嫌になってもう一本酒を追加した。

翌日は早朝の汽車に乗って函館を発ち、軍川《いくさがわ》に向った。駒《こま》ケ嶽《たけ》八里を徒歩で越え、鹿部《しかべ》で一泊、また未明から臼尻《うすじり》、川汲《かっくみ》、尾札部《おさつべ》を浜づたいに十五里、馬の鞍《くら》でお尻を擦《こす》られながら買付けに狂奔した。

来る日も、来る日も馬の背に揺られて、丹念に仕込主を尋ねて浜伝いに行った。空は雲一つなく冴《さ》え渡り、白い土用波が砂浜を噛《か》み、潮風がゴオッと凄《すさま》じく吾平の耳朶《じだ》を打った。八月の土用というのに、吾平は単衣《ひとえ》ものの襟元《えりもと》をかき合せるほど肌寒かった。

「えらいひっそりしたとこやなあ、一つ景気付けに唄《うた》でも歌うてんか、祝儀《しゅうぎ》出すぜエ」

馬の背を叩きながら、馬子《まご》に浜唄を所望したほど、吾平も心細かった。浜場に着くと、そこだけが新開地のように活気付いて、砂浜一面に昆布が干し並べられ、積み上げられていた。

浜によって昆布の質は異なる。北海道渡島《おしま》郡内の川汲、尾札部、板切《いたぎり》、臼尻、木直《きなおし》産は、加工用原草の上もの産地で、二貫目ずつ一束に揃えて『元揃え昆布《もとぞろえこんぶ》』と呼ばれる。これは昆布の根元から四寸前後の処《ところ》を鎌《かま》で三日月形にまるく切断して元を整え、長さも幅もきちんと揃った上質な昆布だった。その中でも、二貫目で四十枚ある昆布は上品《じょうもん》、七十枚は中品《なかもん》、百枚もあるものは並品《なみもん》で、それだけ昆布の厚みや大きさが貧弱になって来る。これを一枚、一枚数えてみずに、目分量で『何枚もの』と、ぴたりと数をふまねば、浜の者に素人《しろうと》かとなめられ、法外な高値をふっかけられる。こんな上品《じょうもん》の『元揃え昆布』は、函館近海に多く、海からとれたばかりの素朴《そぼく》な味という意味で、海の産物ではあったが業者の間では別名『山出し昆布』と呼ばれて珍重された。これが同じ北海道でも、北へ寄るほど良質が少なくなった。日高産は質にむらがあり、上品は昆布巻き用、並品は芋や野菜とごった煮する青昆布として用いられた。釧路《くしろ》、根室《ねむろ》産もちょっと質が落ちて風土病の多い朝鮮、満州、支那で豚や鶏と炊《た》き合せて沃度《ヨード》補給に使われた。うんと北に寄って、千島、樺太産になると、一番味が落ちて安ものの蒲鉾《かまぼこ》、うどんのだしに使われる。

吾平は、八月の初めから九月末まで滞在し、飽くことなく浜から浜へ買い漁《あさ》った。

昆布の品質は産地の別だけではなく、同じ地方でも、昆布を干す乾燥場の砂地の質によっても敏感に異った。これは吾平にとって大きな発見だった。

黒い光沢をもっていながら白く底光りするよく乾いた黒砂の上で干した昆布は、美しい光沢をもって柔らかくほどよく乾く。礫《こいし》の上は、砂に次いでよく乾いたが、雨や濃霧に遭《あ》えば礫の上の水気が昆布の地肌を侵し、茶褐色《ちゃかっしょく》のきれいな光沢を損い、赤い斑《まだら》をつけてしまう。土の乾燥場は、光熱を感じるのが一番遅い上、雨水が長い間溜《たま》ったままになり、乾燥も光沢も上《あが》りも悪く安ものの出し昆布ぐらいしか出来なかった。

吾平は、浜ごとに両手で砂を掬《すく》いあげては、さらさらと足元に落し、昆布の出来工合と照らし合せてみた。同じ砂の中でも細砂と粗砂《あらずな》では、仔細《しさい》に昆布を太陽の光にすかしてみると、地肌の詰み工合が異った。さらに乾燥する時は、どんな良質の砂の上ででも採集したその日の中に殆ど干し上がるようにしないと優良な品は得られなかった。長く乾燥していると昆布の大切な成分が表皮に浮き出て、妙な斑点《はんてん》が出来たり、味を悪くしてしまうから、天気の悪い日に採集しないようにしなければならなかった。しかも乾度にムラが出来ないように始終乾し子《ほしご》（昆布を乾燥する労務者）たちは、一枚一枚掌《てのひら》で温度を加え乍《なが》ら、表裏を交互に乾かした。この乾燥の仕方が悪かったら非常に変質し易《やす》かった。

吾平は乾燥場を歩くだけではもの足らず、思い切って昆布の採集船にも乗り込んだ。アイヌ船のような軽快な磯船《いそぶね》で、沖へ出た。鈍色《にびいろ》の土用波にもまれながら、沖乗《おきの》り夫《ふ》(昆布採集夫)たちは、太い棹《さお》の先に二叉棒《ふたまたぼう》や鉤《かぎ》、捻《ねじ》などをつけた採集器具を海底に下ろしている。四、五尋《ひろ》から、時によるとうんと沖へ出て十尋、二十尋の深底の岩礁《がんしょう》にまで注意深く棹さした。船を小まわりに操りながら、長い二叉棒で何度も根気よく瀬踏みする。岩礁に根を下ろしている昆布の帯が、棹の先の二叉に巻きつき、手ごたえがあると、手早くぐるぐる肘《ひじ》を廻し、昆布を掻《か》き集めて舷《ふなばた》にひき寄せる。昆布の重量で傾きそうな磯船の安定を巧みに取りながら、棹先を船のへりへ引き揚げ、乱脈にからまった昆布の帯の先端を見付けて、一本、一本力を入れて引き抜き船に採り入れる。この手ごたえのある時、敏捷《びんしょう》に二叉棒を操って昆布を出来るだけ沢山巻きつけ、ぐいと引き揚げないと、潮流に流されてずるずる、ずるけてしまった。

そんな機敏な筋肉運動と、重量を支えてゆかねばならぬ沖乗り夫たちの腕は、上膊《じょうはく》と下膊と手首が三つにくびれて、利《き》き腕だけが長く節くれだち、何時《いつ》も酒気を帯びていた。吾平の酒も、つい浜の沖乗り夫たちとの付合いで強くなって来た。酔えば、胴間声をあげて猥褻《わいせつ》な唄をうたい、

「……へへ上等の真昆布探しに来なすったのか、飛びっきりの女探しみたいにね、そ

れならそうで、もっと沖乗りの賃上げもして貰いてえなあ、なにしろ、ごらんのようにわしらお父っつぁんは沖で昆布の帯揚げ、おっ母《かあ》と娘っ子は浜で昆布の陸揚げでさぁ、なかなかこまめに砂落ししたり干してるじゃあござんせんか、文字通りの親子夫婦共稼ぎでさあ」

酒くさい体をすり寄せてからんで来たが、吾平は、

「まあ、商売の話は祝儀の酒がすんでしもてからのことや、まあ、いうてみたら、女と寝てる時に銭の話する野暮もないやろ、まあ飲んでんか」

うまく話をはずして、吾平はビタ一文も賃上げしなかった。事実、沖乗り夫たちは、飲ましさえすれば、ことが済んだ。

薄柾《まさ》、板葺《いたぶき》の屋根に、莚《むしろ》や七ツ葉などの灌木《かんぼく》で囲いをし、土間の隅に砂を敷き、その上に板を置いて寝食するような貧困な生活をしていても、家の裏側には焼酎《しょうちゅう》の瓶《びん》がゴロゴロ転がっていた。船に乗って出かける時も、酒くさい息を吐きながら、酒瓶をぶら下げていた。店先では豆をかじることさえ許されない奉公をして来た吾平の眼には、荒くれて眼惰《めだ》るかった。

浜の仕込主は一村二、三十軒を元締めして、買付け、出荷は、すべてここを通さねばならない。沖乗り夫たちは、船、採集器具、乾燥場など殆ど仕込主から借りていた

から、仕込主に一手販売を委《ゆだ》ね、五分半から三割、平均一割の利潤をはねられた。仕込主を相手に吾平は値一杯にふみ込んで器用に叩き、積荷するまで油断ならんと、日和下駄《ひよりげた》で一日中、船着場の鼻先に突ったち、仲仕に荷抜きされぬように見張りした。天気の悪い日や、高波に濡《ぬ》れる心配のある時は、

「銭のかかった大事な品物や、昆布に湿気は禁物や」

こうつっぱって、頑強《がんきょう》に積荷させなかった。荒くれた浜の仕込主も、浪花屋吾平はおそろしい大阪商人だと一目おいた。

浜の仕入は、産地や採集期を誤魔化される心配なく、いろんな荷受機関の手をくぐらず直接に良い品物が廉《やす》く入手出来た。大阪商人がまだ殆ど産地買付けをしなかった頃だけに、旅費の大阪、函館間二十七円、宿泊料一泊三食付き一円五十銭、馬代一日四円が難なく浮いた上、相当な儲けが出た。

「その代り船が沈んで、ブクブク水を呑《の》んでしもたら、一身代《ひとしんだい》すってしまう紀国屋《きのくにや》文左衛門の勝負や」

積荷の船が着くまで吾平は茶を断って、毎朝信心の蛇霊《みいさん》、氏神の難波神社はもちろんのこと、水運の守り神の住吉神社までお詣《まい》りして献燈したり、多額の寄付をした。夜半、屋根を歩く猫の足音にさえ飛び起きて、雨や風やないかと跣《はだし》で表へ走った。

十

積荷さえ着けば、じいっとしていても儲かった。戦争（第一次世界大戦）の影響で民需物資の輸送力が落ちて来るにしたがい、大阪に昆布が払底し、仕入値が暴騰《ぼうとう》した。これを知った北海道の産地は相場をひき上げ、すでに契約した注文さえ破って、なお値上げしたから、吾平の手元に握っている昆布もじっとしていても、元値の折れ（二倍）にも、三つ（三倍）にもなって飛ぶように売れた。暫《しばら》くのうちに奉公人の七、八人も使って、三十八歳の吾平は『旦《だん》那はん』と呼ばれるほど有卦《うけ》に入り、糸を紡《つむ》ぐようにせっせと銭を蓄《た》めにかかった。一銭一厘《りん》の銭も惜しかった。終日、算盤《そろばん》をはじいて、銭のふえてゆくのを喜んだ。吾平は寝る時も枕元《まくらもと》に算盤を置いた。ふと、商算がうかべば、人の寝しずまった深夜にも、まだ空が白まない夜明け方にもむっくり起き上り、寝床の上に几帳面《きちようめん》に端坐《たんざ》して、一心に算盤をはじいた。油垢《あぶらあか》に黒く光った算盤の上を、節くれだった太い指先が、飽くことなく動いた。

しかし、算盤玉が吾平を順調に太らせて行ったのは、僅《わず》か八年の間だけだった。大正十二年九月一日の関東大震災は、吾平にとって大きな御破算《ごわさん》であった。ちょうど昆布の仕入時を見舞った天災は、吾平が大量に積荷した貨車を焼いてしまった。

その日、吾平は、例年より早目に北海道で買付けをすませ、帰阪の途中、東京三越へ注文を取りに寄っていた。東京へ着いたばかりで、呉服橋の近くの商人宿で供の手代定七と寛《くつろ》いでいると、突然、異様な地鳴りがして激しく揺れ出した。

「地震だあ！」

並びの部屋から喚《わめ》く声とともに障子が倒れ、電燈の笠《かさ》が破れた。吾平と定七は足ども定まらず、這《は》いながら宿を飛び出した。東京が揺り籠《かご》のように揺さぶられて、もう四方、八方から大きな火の手が上っていた。吾平は着物のすそを尻からげし、銭入れだけ持って走った。

赤ン坊を背負い、片腕に子供をひっ抱え、片腕に大きな風呂敷包みをひきずった女が、何か絶叫しながら走って来た。大八車に、積めるだけの荷物を積み込んで逃げる男たちの群れもあったが、なだれを打つような人波に揉《も》まれて、車の上の落し物を二つ三つ投げ出していた。吾平も定七も、どこへ向って走っているのか見当がつかなかったが、ただ大きな人の流れについていた。行く先に火の手が起り、わっと人の流れが右へ廻れば、ついて右へ廻り、あと戻りすれば、どっとあと戻りした。蒸されるような熱気と、濛々《もうもう》と吹きつける土煙りの中で、人の波が渦《うず》巻《ま》き、阿鼻《あび》叫喚であった。何時《いつ》のまにか人の流れに押されて、吾平と定七は宮城前へ辿《たど》りついた。広い宮城前を埋め尽くすように、家財道具を背負った人や、身一つの老人たちがうずくまっている。一様に、うつろで不安な眼を遠くの燃え広がる空に向けていた。正午から燃え出した火の手は、夜になっても衰えず、大きく合流して火柱となって東京の街をなめていた。新橋、銀座から日本橋へ渦巻いた火は、浅草まで延びて行った。その火の波が、さらに隅田川《すみだがわ》を渡って本所へ流れ込んだ。何時果てるとも知れない広大な火の海だった。

吾平も定七も、東京の避難民と同じように、火の手がおさまるまでじいっと宮城前に居坐《いすわ》っていた。手代の定七は饑《ひも》じさと水欲しさで、死んだようにぐったり寝転んでいた。吾平はせっかく仕入れたばかりの積荷を案じていた。

「しもた、やられよった！」

例年より早く積荷したため、貨車が東京近くまで来ているはずだった。この調子ならやられている、せっかくの原草昆布が――と、吾平は呻《うめ》いた。宮城前へ避難してから二日目に、警官の引率で上野駅へ出た。上野駅は人いきれと、焦臭《こげくさ》さに蒸れていた。芋を洗うように人間が暗い構内で押し合い、殺気だった声が溢《あふ》れ、地面には壊れかけた家財道具やぼろぼろになった風呂敷包みが散乱している。警官隊が改札口をものものしく固めていた。

「大阪へ行く人は、信越線で名古屋へ廻って、大阪へ出て下さい」

大きな声で叫ぶ警官の指示を聞くなり、定七は、

「旦那はん、これで助かりました、大阪へ帰れますのや」

と云うなり、意気地なく泣き出した。

「定七、お前だけ帰りィ、わいはここからすぐ北海道へ引っ返して、もう一回買付けや、せっかく積んだあの昆布は今ごろこの近くで焼けとォるわ」

「旦那はん、そんな無茶な、命が危のうおます、ご一緒に帰っておくなはれ」

「阿呆《あほ》！　同じ商人でも大阪商人は、命を賭《か》けて商いするのや、狡猾《こすう》儲けて、銭溜《た》めて喜ぶだけのそんじょそこらの田舎商人と違うねんぜェ、わいは、捨身になって商いする大阪商人や、お前はわいが店を開いた時から丁稚に来た人間や、解るやろ、黙って先へ帰っとりィ、このまま帰ったら太閤《たいこう》はんの大阪城に顔向けならんわ」

吾平の襟《えり》がみにしがみつく定七を振りすて、無理やりに大阪行きの汽車に乗せた。

その足で吾平は大阪行きと反対の東北線に頼って、北海道へひっ返した。

垢と埃《ほこり》にまみれた吾平が、函館に近い尾札部《おさつべ》の浜の仕込主のところへ辿りついた。伊予絣《いよがすり》の単衣《ひとえ》の背中が大きな汗のしみになり、よれよれに捩《よじ》れた襟もとから饐《す》えた汗の匂いがきつかった。

「東京で震災に遭《お》うたのや、やっと命拾いして来たけど、どうも貨車はやられよったらしい、大阪へ帰らんとすぐ東京から引っ返して来たのや、もう一回残ってるだけみな売ってんか、命がけで来たのや、全部売っておくなはれ、足らんだけの金は大阪へ帰ったらすぐ送る」

陥《お》ち窪《くぼ》んだ吾平の小さな眼が真っ赤に充血し、体中から血が噴き出ているようだった。人の懇願や涙などだけで動かされそうもない浜の仕込主であったが、窮地に追い込まれても、捨身で商機を制する吾平の才覚と気概には搏《う》たれた。

「よろしがす、尾札部の浜に残っているだけの昆布全部、もう一回積荷してあげよう」

震災後の一儲けを考えて、仕込主が売り控《びか》えていた昆布であったが、納屋《なや》の隅まではたいて出して呉《く》れた。

「おおきに、おおきに、ここまでひっ返した甲斐《かい》がおました」

疲れ果てた吾平の体は、そのまま浜の砂地にのめり込んで行くようだった。来てよかった、助かった——、ただそれだけであった。

尾札部の宿で一日、体を休めただけで、すぐ青函連絡船でとって返し、東北線から北陸線を廻り、震災に遭った日から二十一日目にやっと大阪駅へ帰り着いた。

汽車がプラットホームに入ると、電報を打っておいたお千代の顔が見えた。まだ汽車が動いているのに、二歳の忠平を背負ったお千代が吾平の坐っている席の窓枠《まどわく》に手をかけて小走りに走った。お千代のあとを追うように十二歳の辰平、七歳の孝平も走っている。先に帰した手代の定七も走っている。瘦《や》せ衰えた吾平の眼から涙が出た。思わず、この二十一日間の苦労が顧られ、ああ、これからはあんまり無理がでけへんと思った。

復興して来た東京の百貨店や、食料品店からどんどん注文が来た。天災のあった時は、きまって値段が安く貯蔵がきき、しかも煮炊《にた》きせずそのまま食べられる昆布やするめなどの乾物類がよく売れる。東京から注文して来た昆布の量を出せるのは、吾平の店だけだった。他の殆どの店は、ちょうど、九月の仕入れ時に震災が重なり、次の入荷さえも覚束《おぼつか》なかったので、注文に応じられなかった。しかし、せっかく注文を受けた東京の百貨店、食料品店の納品は、掛売りで早くて二カ月、遅い場合で三カ月後払いだった。吾平は、震災で積荷の一部を焼失し、手元の悪い時であったから、その間の金融は苦しかったが、加島銀行や住友銀行をかけずり廻って金策し、こんな時にこそ取引先との繫《つな》がりを固めようと考えた。震災後の金融引締めで三十円の金を借りるのにも、ただで金を貰うように支店長に頭を下げて資金繰りを続け、東京の百貨店、食料品店への納品を切らさなかった。

十一

七年経《た》って、昭和五年の秋を迎えた。吾平は四十九歳であった。どんな老舗《しにせ》でも、やがては百貨店に食われる時があるという見通しをつけて、小売りをする一方、次々に出来る百貨店との取引をぬけ目なく大切にして来た吾平の図があたった。小売店が軒並みにさびれて、百貨店だけが昭和初年の不景気の時期をきりぬけた。立売堀《いたちぼり》の浪花屋の名は、百貨店を通じて贈答される品物によって、地方でも有名になった。

「故郷《くに》の者がおうちの昆布やないとあかん云うて来ましてん」

わざわざ立売堀まで買いものにくるお客が多かった。吾平は今さらながら、

「百貨店はどえらいとこや」

と、感心した。

店を仕切っただけの狭い仕事場では、加工が間に合わなくなって来た。何とかして加工専門の工場を建ててみたいと思ったが、昆布屋が別に工場を持つことなど初めてのことだったから本家へ相談に行った。亡くなった旦《だん》那はんのあと六代目を継いだ若旦那はんは、もう六十五になっていたが、相変らず若々しく稽古《けいこ》ごとを続け、真面目

な養子が店を切り廻していた。

「無茶いいな、鉄屋やメリヤス屋と違うて、昆布屋いうもんは利益のうすいもんや、昔から家内《うちごろ》でこぢんまり固うやって来た昆布屋が、そんな大それたことしたら穴あけてしまうぜェ」

「だんだん時代も変って来ますし、百貨店を相手の商いが多うなって来てますので十分勘定は合う思いますねんけど」

「なんや、その百貨店いうのが気にいらんわ、浪花屋いうりっぱな老舗の暖簾分けてもらいながら、昨日や今日の百貨店屋なんかにぶら下って商いするのんか、そんな話ご免してもらいたいなあ」

　不機嫌にそっぽ向かれてしまったが、百貨店は重要な取引先であったし、昆布も大量生産したらそれなりに安く売れ、人件費も設備も出るという採算をもった。立売堀の店を抵当にした借金で工場を建てることに決めた。場所は北海道からの荷が一時《いっとき》でも早く入手出来るように、大阪港からややさかのぼった安治川《あじがわ》の幸運橋北詰めの小さな倉庫を買って工場に改造した。

　案の定、仲間や別家衆《べっけし》も、

「調子に乗ってあぶく銭つかもう思たら、身の破滅や、昆布屋は細こうがっちり行くもんや」

と、嘲《あざけ》った。しかし、新興市場である百貨店からは、何時《いつ》注文しても大口を間に合わす店といわれ、注文が殺到し勝手に卸し値が吊《つ》り上った。

百貨店へ行けば、吾平は何時しか支配人室に招かれ、

「うちの食料品売場もあんたとこの昆布でたんと儲《もう》けさして貰《もろ》てます」

礼の一つも云われ、仕入部で冷たい茶一ぱいで、あしらわれるようなことがなくなった。

商売には貪欲《どんよく》で一徹な吾平だったけれど、学問や教育には全然、無関心であった。自身、算盤《そろばん》と金額の読み書きしか知らない無学であったから、子供の教育にも無関心であった。小学校三年の忠平、中学二年の孝平、商業学校五年の辰平の通知簿など、どれ一つものぞいてみたことがなかった。ついこの間も忠平の受持の先生が、よく出来ますと家へ褒《ほ》めに来てくれたのにもかかわらず、吾平は日頃《ひごろ》の没教育ぶりがハッと胸につかえて、悪いことでもしたように顔色を変えて恐縮した。そのくせ長男の辰平が商業学校から大学の商科へ進学したいというと、

「商人《あきんど》の子いうもんは金持のぼんぼんでも大学へなんか行けへん、商業だけで止《や》めて店の商いを見習うて、一日でも早うほんまに役にたつようになるもんや、商人になる

のに学校なんかいらん、いらん」

頭から怒鳴りつけた。それでも辰平が執拗《しつよう》に繰り返し、お千代もとりなした。

「あない学校へ行きたがっていますさかい、ほんなら高商へでも」

「えらい資本《もと》入れんならん、阿呆《あほ》らし！」

苦い顔をして、やっと高等商業へ進学することを承知したが、辰平が学校から帰って来るなり店を手伝わせた。盆、正月の忙しい売り前には丁稚と同じ厚司《あつし》に前垂れをしめさせ、贈答用の昆布の包装から百貨店の納品にまで走らせ、二言目には、お父さんは十五で丁稚に来たんやぜェと、辰平を仕込んだ。

十二

四年経った。昭和九年の九月二十一日の朝は、早朝から吹き出した風が雨を混えて妙に荒れ始めた。空一面の鉛色の中から無気味な唸《うな》りをあげて次第に吹き募って来た。

小学校六年生の忠平と、末っ子で三年生の年子が家を出て五分もたたぬ間に、

「御堂筋まで行ったら、ごつい丸太ン棒ビュウ、ビュウ飛んで来て学校へ行かれへん」

風でへし折られた傘を抱え、体をよじらせて帰って来た。大阪で最初の地下鉄工事

のために積んだ材木が御堂筋を風に乗って南北に流れている。どの店も大戸《おおど》を下ろして不安げに空を眺めていた。電線が糸屑《いとくず》のように飛び、看板がはずれ、物干し台も屋根瓦《がわら》もずり落ち、風は一向に止《や》みそうでなかった。向いの玩具屋《おもちや》の丁稚が、案山子《かがし》のように風にあおられながら看板を飛ばされないように電柱へくくりつけている。

吾平は、店先へじいっと坐ったきり、先ほどからの不安を押し殺していた。暴風、高潮、安治川《あじがわ》の工場――。あかん、またやられよると、唇《くちびる》を噛《か》みしめた。口の中で硬い歯のきしむ音が鳴った。

夕方、濡《ぬ》れ鼠《ねずみ》になった丁稚の正吉が、駆け込んで来た。

「旦《だん》那はん、あきまへん、境川から向うは背丈ほどの水がおますさかい、工場まで見に行かれまへん」

膝上《ひざうえ》まで濡れた木綿のズボンをしぼりながら、体を震わせた。

「そうか、あかんか」

覚悟はしていたものの、痛手は腹の底までずっしり来た。

夜明けを待って、丁稚に握り飯を詰めた重箱を背負わせて境川まで来ると、まだ水は引いていなかったが、膝上あたりになっていた。思いきって吾平も丁稚も、厚司とズボンを脱いで、猿股《さるまた》と肌着一枚になり、厚司とズボンは背中に背負った。歩きやすいようにと電車の軌道の上を歩いてみたが、木屑や金属物で足を痛めたり、よろけたりした。泥水がズボズボと猿股の中へ流れ込んだ。辺り一面が泥水の海であった。僅かな衣類や蒲団《ふとん》を背負って水の中を歩いて来る人、盥《たらい》に子供を載せて気を失ったように歩いて来る母親、泥まみれの裸のままの子供たち、誰も彼もが水害に押しひしがれて、黙って水の中を力なく歩いている。水の無いところを求めて、大阪の高台の方へ逃れて行く人の流れと反対に、吾平は大阪港の方へ向って歩いて行った。

市岡《いちおか》三丁目まで来ると、もう水は吾平の胸の辺りにまで来た。山家育ちの丁稚は水を恐れて、臆病《おくびょう》に足が進まなかった。

「お前、もうええ、かえって足手まといになるから帰っとりィ」

丁稚の手から、握り飯を詰めた重箱を受け取ると、吾平はそれと衣類と一緒に大きな風呂敷に包んで、頭の上へ結わえつけた。片手をそえて落ちないように調子を取りながら、さらに吾平は水嵩《みずかさ》の多い方へと進み出した。水嵩も胸もとぐらいになると容易に歩けなかった。うっかりすると、体が浮いて流されそうだった。ここまで来ると、大きな木材や畳、犬、猫の骸《むくろ》まで流れて来た。前後左右から流れて来るものに注意しながら、水の中を歩くことは根《こん》が疲れた。四十分ほどすると、吾平は寒さと疲労で歩けなくなり、小学校らしい建物が眼に入ると、そこへ辿《たど》りついた。二階の広い講堂の中には、水の無いところを求めて動くことさえ出来ない弱りきった人や、女や子供たちの避難者で埋まっていた。警察から配給された莚《むしろ》や毛布をかぶって、寝たまま救護用の握り飯をかじっている者もあった。細い裸蠟燭《はだかろうそく》が夜に備えて三本ずつ配られている。廊下の片隅で、吾平と同じように長い道程《みちのり》を水に漬《つ》かって来たらしい人が、椅子《いす》を壊してバケツの中へ入れ火を焚《た》いていた。吾平は、水びたしで急に寒気だって来た体を抱え、唇を紫色にして暖を取りに寄った。大阪港からややさかのぼった安治川にある工場だけに、一時《いっとき》も早くその災害の状態を知りたかったが、寒気と疲労でもう一足も水の中を進めそうもなかった。暖をとりながら、まだどす黯《ぐろ》くくろずんでいる空を見上げていると、小さな伝馬船《てんません》を操りながら、こちらの方へ向って来るのが見えた。吾平はあわてて、衣類と握り飯を持って、窓際から大声を出した。

「頼む、その船へ乗せてんか、握り飯と濡れてへん着物持ってるさかい、どっちでも好きなもんやるから乗せてくれ」

と怒鳴ると、

「威勢のええおっさんやなあ、早う来《こ》いや」

三十そこそこの男が船を小学校の二階の窓際へ漕《こ》ぎ寄せて来た。安治川の方へ近付くにつれて、泥海の広さは急に大きくなり、屋根の低い家は二階の屋根にまで水嵩が迫っていた。水の濁りも赤土色に濃くなって、船具や人の屍骸《しがい》まで遠くから流れて来た。

安治川べりの工場は流されていなかった。しかし、最後まで頼りにしていた高い目に造作しておいた二階の物置まで浸水していた。ひたひたと水浸《みずびた》しになっている二階の窓へ、伝馬船から乗り移ると、職人の尾本と吉田が二階の天井裏から顔を出した。

「どや、昆布はみなあかんか」

「へえ、なんし、この有様でっさかい、みんな漬かりましてん、昨日、無理して工場へ出て来《こ》れたのも私ら二人で、ともかく命拾いするのがやっとでした」

二人の職人が無事であったことにはほっとしたが、仕入れたばかりの昆布が全滅であることは辛かった。

泥水を含んで赤土色にふやけた昆布の束が、吾平の眼の前に無数に浮かんでいる。人間の屍骸のように醜く膨《ふく》れ上っていた。わいの苦労も水の泡――と、職人の手前も忘れてへたり込みそうだった。持金をはたき、借金まで背負って建てた工場で、仕入れたばかりの二万貫の昆布が水浸しになった。ほかに酢、醤油《しょうゆ》、器具類などしめて三万三千円は大きな損失だった。

四日目に水が引いてから泥水に濡れて腐った昆布は、工場の裏の安治川へ投げ捨てた。それがポンポン船のプロペラへ巻きつき、なんぞ、遺恨あってのことやろと、ポンポン船の親父《おやじ》は水上警察にかけ合い、吾平は呼びつけられたうえ弁償させられた。死金《しにがね》使うとはこのこっちゃ——と悄気《しょげ》て、その翌日、警察の指図通り腐った昆布を艀《はしけ》に積んで、築港の沖まで捨てに行った。

ドブン、ドブン、昆布の束が勢いよくほり込まれた。仕入時の二、三カ月、北海道の浜から浜へと買付けに歩いた苦労が思い出された。

「ええ音しくさる！」

捨てぜりふを吐くなり、吾平は熱い苦いかたまりが胸に支《つか》えた。艀に五百円とられた。

風水害で品物を失った商人は手足のきかぬ中風同然である。せっかくの大口注文も腑抜《ふぬ》けた顔で断わり、僅かな小売りをするのが精一杯であった。

銀行はもとより、地方の取引先にまで金融を頼みに廻った。不景気にことよせて、みんな体よく断わられた。吾平の眼はだんだん血走り、銭、銭、銭、咽喉《のど》が焼けつくようにただ銭が欲しかった。盗み、人殺し以外の方法でなら、どんな恥をしのんででも銭を借りたかった。助けて貰いたかった。本家の旦那はんには手をついて縋《すが》りついてみたけれど、もともと工場を建てるのに反対していた旦那はんは、

「云わんこっちゃないか、お前みたいな突《と》っぱな人間には、危のうてよう銭貸さん」

先代の旦那はんの死後、左前《ひだりまえ》であるとは聞き知ってはいたが、こんなににべなく断わられるとは思わなかった。その旦那はんのところへ、もう一回頼んでみるしか仕様がなく、吾平が順慶町の本家へ二度目の無心に訪れたのは、十月半ば過ぎの肌寒い日だった。

手代や丁稚にまで遠慮して、人目にたたぬ夕方そっと店を通りぬけ、中の間の上《あが》り框《がまち》に手をついて、

「全部とは申し上げ致しまへん、たとえ幾分でも融通お願い致します――」

辛い押しの一手だった。女中の横目まで無慈悲に、衿元《えりもと》へ這《は》い込んだ。旦那はんはおし黙っていた。吾平は重ねて、

「何度もお願いして面目次第もございまへんが、お願いで――」

「お前はゆすりか、一ぺんあかん云うたらあかん、今は先代の世やない、わいの代や、一々、先代の息のかかった奉公人の面倒まで見てられへんわ、ひつこい奴《やつ》や、そんな落ちぶれ者、今日限り出入り差止めや」

こう云いきるなり席をたってしまった。生れながら絹の上に育った苦労知らずのぼんぼんの腹だちまぎれとはいえ、その無情さには、体がぎしぎし震えた。人間落ちぶ

れたらしまいや――人情の酷薄さが身に沁《し》みた。

力なく家へ帰る吾平の足もとは、パッタリ、パッタリ、体の中心を失っていた。

「もうあかん、どないもなれへんやないか、そや、北海道へ夜逃げするよりほかあれへん――」

夜道が重苦しく、そんな吾平の独言《ひとりごと》を呑《の》んだ。十一年前の関東大震災の時、東京から北海道へ引っ返した吾平を、即座に助けてくれた浜の人間たちを思い出した。あそこでしか再起できないと思った。家へ帰って、お千代と三人の男の子と一人娘の年子が寝しずまるのを待ち、僅かな身の廻りの物をトランクに詰めた。新しい下駄《げた》を履いて中の間の上り框を起とうとしたが、今年、高商を出た長男の辰平、中学生の孝平、小学生の忠平と年子、それぞれ大きく成長している子供たちの顔をみたとたん、どうしても、そこを起てなかった。

一晩、貼りついたように上り框へ坐り込んだ吾平は、夜の明けるなり、

「よっしゃ、思い直した、もう一ぺんやったる、亡くなった旦那はんの教えはった何事も堪忍《かんにん》や、もう一ぺん工場建てたる、みんな喜びィ、喜びィ」

突然、狂気のようにわめき、いきなり何も持たず表へ飛び出した。どこへ行くのも節約《しまつ》して弁当持ちの吾平が、弁当も持たずに、その日、一日帰って来なかった。

吾平は安堂寺橋《あんどうじばし》の加島銀行の西田支店長の家へ坐り込んだのだった。あっさり金融を断わられた。さよかと引き取りながら、吾平はここが最後の頼みの綱と根よく通い詰めた。度重なると居留守の玄関払いをくわされた上、意地の悪い女中に西洋犬をけしかけられた。そうなると見栄《みえ》もなく、今度は毎日、銀行の金網の中へ通いつめた。

十日目、その日も利休《りきゅう》下駄を冷たい銀行の床石にきしませて、支店長を訪れた。

「浪花屋はん、銀行いうもんは確かな堅いものにしかお金お貸しでけまへん、あんたは家を抵当にして借金して建てた工場がやられたとこやおまへんか、それに今度は一体、なにを抵当にして借金しはりますねん」

「抵当だっか――」

思わず、声に力がこもった。

「おます、おまっせェ」

吾平の眼は一瞬、怒気を含んで相手を見据《みす》えた。

「本家から分けていただいた浪花屋の暖簾が抵当だす、大阪商人にこれほど堅い抵当はほかにおまへん、信じておくれやす、暖簾は商人《あきんど》の命だす――」

長い沈黙が続いた。支店長の体が、ふと前に揺れた。丁寧な重々しい一礼だった。

「浪花屋はん、結構な抵当だす、お貸ししまひょ」

「――おおきに助かりました、恩にきます」

吾平は人目もなく、窓口で握った金を押しいただいた。

十三《じゅうそう》大橋詰めの、高潮の心配のない高地に、敷地五百坪、建坪二百坪の工場を建てた。暖簾を張って建てた工場や、背水の陣を布《し》いて何もかもぶち込んでしまうのやと、吾平は昆布を削る新しい機械五台、昆布茶粉末機を一台、塩昆布切断器を四台、塩昆布煮たき釜《がま》十三個の設備をした。風水害の被災後、十ヵ月目のことだった。

家の中は火の車で、着る物はもちろんのこと、食べ物も節約し、朝は茶がゆに漬物《つけもの》をかじり、昼は味噌汁、晩は菜っ葉と揚げのごった煮で、月一回の御馳走《ごちそう》は百匁《もんめ》三十四銭のすじ肉のカレーだった。六銭の市電も惜しんであさましく歩き廻り、家計簿には下駄の鼻緒のなおし賃まで細かく書き入れ、僅かな出費にでも胸をちりちり痛めた。それでも、吾平は奉公人の給金とお為着《しきせ》をケチついたり、商売上の付合いをぶざまにするようなことは、ただの一度もなかった。身を剝《は》ぐような辛さを忍んで、気前よく派手に、札束をきって見せた。

商売人はお顧客《とくい》先よりええ風したら失礼やという、先代の旦那はんの教えを忘れず、吾平は商いする時は地味な身なりであったが、問屋や仲間の付合いには、唐桟《とうざん》の着物に博多《はかた》独鈷《どっこ》の帯をしめ、色目のたたぬ結城《ゆうき》羽織を羽織って、茶屋遊びした。三味線や小唄《こうた》に浮きたち、馬鹿気たことや猥褻《わいせつ》な話を、まるで幇間《ほうかん》のようにチャラ、チャラ、しゃべる吾平の頭の中には、ちゃんと商算が納まっていた。酩酊《めいてい》して大の字で鼾《いびき》をかいているはずの吾平が、商談の耳打ち一つにむっくり起き上り、すばやく祝儀《しゅうぎ》をやって芸者を下げ、

「そないええ話に、わいを除《の》け者にしなはんな、殺生やなあ」

などと笑いながら、またたくうちに有利な商談を結んだ。皆が狸《たぬき》おやじ奴《め》が！　と舌打ったが、吾平の捉《とら》えどころの無い偉さに気がついた。

十三

吾平は、借金だらけの苦境から起《た》ち上った。

最も取引の多くなった阪急百貨店は、その当初は三越、大丸、十合《そごう》、高島屋などの百貨店の中で一番新参者で注目されなかったが、大阪の玄関口の市電、バス、地下鉄などのターミナルで、サラリーマンの文化住宅を阪急電車の沿線に控えていたため、二、三年のうちに一流の百貨店にのし上ってしまった。とりわけ阪急百貨店は食料品部で持つといわれるほど、食料品はどんどん売れ、一名、食料品デパートとまで呼ばれた。

浪花屋も阪急との取引だけで、経営がなりたって行けるほどだった。この阪急百貨店と浪花屋の加工工場とは、淀川《よどがわ》を一つ隔てて眼と鼻の先にあったから、期せずして、吾平が死ぬような思いで建てた工場の位置は地理的にもあたったのだった。工場から注文を納品するオートバイが、日に何回となく往復した。

「近いさかい、ガソリン代だいぶん得しよるわ」

オートバイの後から捲《ま》き上る埃《ほこり》を吸って、大きな口をあけて吾平は喜んだ。

百貨店との取引で巨利を占めた吾平は、次男の孝平が大学へ進学したいと懇願した時は、長男の辰平さえ高商までしか行かしてあらへんのに――と狼狽《ろうばい》した。が、これからの百貨店の取引や、工場の経営には確かに学問は要る、これから商人は学校へ行くことも大事なこっちゃと煎《せん》じ詰め、膝詰《ひざづ》め談判のつもりだった孝平が、拍子抜けするほどあっさり承諾した。

工場設立二周年記念の昭和十二年の七月十日に、吾平は工場の東南隅へ蛇霊《みいさん》を祀《まつ》り、蛇霊の先生という祈禱師《きとうし》を呼んで大げさなお祭りをした。祈禱師は七月上旬だというのに、白い直垂《ひたたれ》に脂汗をにじませ、身を揉《も》み声を張りあげ苦しみぬいたあげく、蛇霊の前へぱったりひれ伏した。ややあって後、吾平に蛇霊のお告げであると、工場の家相を変え、さらに蛇霊のお社《やしろ》の普《ふ》請《しん》を鄭重《ていちょう》にするようにと命じた。白蛇《はくじゃ》の霊を祀って金儲《かねもう》けの御利益にあずかるため、吾平はあとずさりし真《ま》っ蒼《さお》になって、畏《かしこま》って神旨をお受けした。

工場の中は小規模ながらだんだん組織化した。職人たちは一日一貫目に付きいくらという請負制の加工賃であった。四十歳を過ぎ手代から番頭になり上げた定助が立売《いたち》堀《ぼり》の店から来て、その監督をしている。昔のように商いのかたわら加工する家内工業ではなかった。その代り職人たちは、丁稚奉公で叩《たた》き上げた根性がないためか、何かと狡猾《ずる》く怠けた。月のうち十日働いて遊び、銭が無くなったら働いて食べる、その日稼《かせ》ぎの根性が強かった。平常はそれでも何の支障も来たさなかったが、年末の歳暮時になると、定助が顔を硬《こわ》ばらせ唇《くちびる》をふるわせて督励しなくては大量の注文に間に合わなかった。ひっきりなしにかかって来る電話の受話器にぺこぺこ頭を下げて納品の遅れたことを詫《わ》び、受話器をおくなり職人に嚙《か》みつき、小心で実直な定助は年末になるとげっそり二貫目ほど瘦《や》せた。

吾平は、立売堀の本店、各百貨店への出店、十三《じゅうそう》大橋の工場、それに浪花屋の別家《べっけ》衆《し》の店をこまめに廻っていた。五十六歳になっていたが、しゃんとして、干し芋のように強靱《きょうじん》であった。相変らず利休ばきに袴前垂《はかままえだれ》（袴形になった前垂れで実用的なもの）という質素な身なりだった。十二月も二十日を過ぎ、昆布屋のかき入れどきという時、上本町《うえほんまち》の別家で妙な噂《うわさ》を聞いた。

「吾平はん、えらい儲かり過ぎるらしいなあ、あんたとこの職人は仕事に追われて、苦しまぎれに工場の裏の堀上川《ほりかみがわ》へ夜中になったら、どんどん原草昆布流しているらしいやないか、えらい噂やぜェ」

「え！　ほんまか、間違いないか」

念を押し、倹約《しまつ》な吾平が円タクで工場へ帰るなり、素っ裸になって堀上川へしゃがみ込み、熊手《がんじき》でどぶ川の底をひっかいた。

淀川堤から冷たい風が吹いて来、雲が重く垂れ落ちて、雪もよいの日だった。

「旦《だん》那はん、風邪ひかはりまっせェ」

「堪忍《かんにん》して、どうぞ上っておくれやす」

職人たちは、真《ま》っ蒼《さお》な顔をして川っぷちをうろうろした。吾平は今にも凍えそうな肌寒さで、ガチガチした。

「何ぬかしてけつかんねん！　このどぶ川ええだし出とるやないか、わいの北海道の苦労も知りくさらんと、わいを殺す気かァ――」

熊手にひっかかった昆布を職人の顔へ投げつけ、凄《すさま》じい形相で睨《にら》みつけて、誰が何と詫びても川から上らなかった。番頭の定助がすぐ近くの交番所へ走り巡査をひっぱ

って来て、
「裸で川へ入ったら罰金や」
と叱《しか》られて、やっと這《は》い上って来た。それからは、油断なく、吾平は殆《ほとん》ど工場へ寝泊りするようになった。

それでもまた、吾平を脅かす事件が起った。

松の内を過ぎたばかりであったが、突然、所轄《しょかつ》警察の新町署から刑事がやって来た。歳暮用として浪花屋から地方送りした塩昆布の中にねこいらずが入っていて、それを買った名古屋の時計店の家族が中毒を起しているというのである。吾平は、驚くより前に呆《あ》っ気《け》にとられた。

「なんぞ間違いやおまへんやろか」

「馬鹿をいうて貰《もら》っては困る、警察から調べに来ているのに、頭から間違いやとは何ごとや」

怒鳴りつけられ、二人の刑事に立売堀《いたちぼり》の店から十三の加工工場まで全部調べ上げられた。容疑は、店や工場のねずみ封じのためにねこいらずを鼠《ねずみ》の出入口に使い、それが誤って塩昆布の中に入ったのであろうというのである。府庁からも食品衛生課の役人が来て、二日がかりで調査したが、どこにもねこいらずを使用した形跡がなく、といって、それらしい原因も径路もつかめなかった。それでも吾平は新町署に留置された。

「店も工場も調べたが、割にちゃんとしているな、しかし、たまに間違いということもある、歳暮用の売出しの忙しい時だったから、何かとんだ手違いがあったのとちがうか、よう考えてみい」

何度、捜査主任から尋ねられても、吾平は、

「人さんの口に入るもん扱うとります以上、絶対、そんな粗忽《そこつ》はおまへん」

の一点張りだった。膝下《ひざした》から凍えるような留置場へ、冷めし草履をはき腰紐《こしひも》もとられた情けない姿で、四日置かれても吾平の答えは同じだった。しまいに、調べる方が根負けして短気に怒り出した。

「少しは名の通った浪花屋と思うて、親切に調べてやっているのだ、そっちの出方によっては、こっちのやりよう一つで黒にも白にもなるんだ」

机ごしに威《おど》かされた。女房のお千代や長男の辰平、番頭たちも、差入れに来ては、

「こんなとこで頑張《がんば》ってはったらあきまへん、こんなことははっきりした証拠がでん限り水かけ論だす、ここは一番、適当な返事をして出して貰いまひょうな」

「阿呆《あほ》、わいが詐欺《さぎ》や横領したん違うぜ、もっともそれでもえらい恥や、そやけど、今度のは浪花屋の暖簾がひっ張られてるのや、わいが按配《あんばい》云うて出ても、暖簾が傷ついたらそんでしまいやないか、わい一人が躓《つまず》いても転んでもそれだけやけど商売してる限り、この暖簾は最後まで残るもんや、お前ら簡単にべらべらしゃべるな」

と叱りつけ、相変らず暗い留置場の隅で膝を抱えていたが、四日目にそれと思い当ることがあった。さっそく、係りの警官に、捜査主任に会いたいと伝えて貰った。

「やっと思い当ったのか」

「へえ、思い当りました、鼠は昆布を食べまへん、昔から鼠の食い道《みち》へ昆布を積んどいたらええといわれるぐらいやから、昆布屋がなんで鼠退治のねこいらずなど使わんなりまへんねん、えらいすんまへんけど、もう一回だけ名古屋の警察へ連絡とっておくなはれ、そこのお家で何時《いつ》もねこいらず使うてはるのん違いまっか、水屋の隅へなど使うてはって、それがちょっとした間違いから塩昆布の中へ入ったのやと思いますねん、それしか、なんぼ考えても考えようおまへん」

吾平の言葉は、捜査主任の期待していた答えと違ったが、正鵠《せいこく》を得たものだった。直ちに大阪新町署から名古屋の警察へ連絡された。その日の朝七時から、夕方の六時まで十一時間、吾平は食事も取らず、留置場に端坐《たんざ》して名古屋からの返事を待った。

そや、それしかないという昂《たかぶ》った気持で一杯だった。

やっと警官が呼びに来た。吾平は急に小便《しし》がしたいほど興奮していた。取調べ室に入ると、

「浪花屋、あんたのいう通りだった、早く云ってくれれば、よく名古屋を調査するのだったのに、迷惑かけたなあ」

「そうだしたか、やっぱり、そうだしたか」

と云うなり、吾平は言葉が詰った。これで暖簾が無事やと思うと、みっともないと押えながらも涙が滲《にじ》んで来た。

吾平の推測通り、名古屋の時計店の女中が、ねこいらずを水屋の中へ入れる時、塩昆布入れの蓋《ふた》があいていて、うっかりねこいらずを落し込んだらしいということだった。しかし、それを女中も主人も直ちに浪花屋の手落ちと思い込んだのは、送って来た時の昆布の包装紙が汚れていたから、頭から浪花屋に結びつけてしまったというのであった。

ねこいらずの嫌疑は晴れたが、このあとの包装紙の話は、吾平にとって辛かった。

警察を出て、店へ帰るなり、長男の辰平をはじめ番頭、手代たちを奥の間に集めた。

「まかり違うたら、浪花屋の暖簾を下ろさんならんような疑いかけられたのも、もと

をただせば、お前らの不注意や、なんぼ、ねこいらずの嫌疑が晴れたかて、包装紙のこと云われた時は、わいは情けなかった、こっちから送った商品の包装紙が穢《きたな》かったり、破れてたら、誰かてつい、こんなことする店やったら鼠の糞《ふん》も、ねこいらずも付くやろと思うの当り前や、商売いうもんは、うまいこと行ってるええ時ほど、締めていかんとあかん、大体、お前ら、暖簾の有難《ありがた》さいうもん知らん過ぎる、お前らの粗忽《そこつ》の責任かて、わいが負うのと違う、この浪花屋の暖簾が負わんならんのや」

こう云い、さすがに四日間の留置場生活でやつれた体を横にし、大きな嚔《くさめ》をして、

「この阿呆どものおかげで、わいも阿呆風邪ひいたわ」

と嘯《うそぶ》いたが、三日も養生せずに、吾平は名古屋へ発《た》った。

尋ねて行った名古屋駅前の時計店は、すぐに見付かった。

「この度は、とんだお騒がせを致しました、手前の方の嫌疑は晴れましてほっと致しましたんですが、その節おっしゃって戴《いただ》きました包装紙のこと、ほんまに有難うさんでござりました、あの一ことは、商人の大事な心得だす、包装紙は商品の裃《かみしも》やといいますのに、破れた皺《しわ》くちゃの裃を付けまして、まことに御無礼致しました」

手の切れるようなぱーんと張った包装紙で包んだ昆布を贈り、頭を低くして挨拶した。

「とんだ早合点で御迷惑をかけ、こちらこそ申しわけないと思っていましたのに、こんな念を入れられては――」

時計店の主人は顔を赧《あか》らめて恐縮し、張本人の十七、八の女中は泣き出しそうになって、吾平に詫びた。

大阪へ帰って来た吾平は、重なる商いの不都合に懲《こ》りて、さらにはっきりした仕事の責任を定めることにした。立売堀の店は、若旦那はんと呼ばれている辰平に任せ、百貨店廻りは、商大を卒業したばかりの次男の孝平にやらせた。吾平はたまに百貨店へ顔を出しては、

「こいつはわいと違うて学校出だんねん」

得々《とくとく》と吹聴して廻り、孝平にきまりの悪い思いをさせた。

家のうちは、しっかり者のお千代が家事をきり盛りした。女中は始終、御寮人《ごりょうん》はんの眼の色を気遣い、流しには菜っ葉の端くれも落ちていなかった。うちらの暇が出来たら店へ出て、細かい算盤《そろばん》をはじいて、商いの采配《さはい》の一つもし、御寮人はんは、若旦那はんよりきついと奉公人にそしられた。吾平と反対に子供の教育は出すぎるほど熱心だった。三男の忠平は、商業学校の五年生、一人娘の年子は女学校へ入ったばかりであったが、お千代は二人の学期試験には、自分も寝ずに夜食の寿司を作ったり、ぼ

た餅《もち》をこしらえて食べさせ、

「精つけるのやぜ、そんで一番になりや、褒美《ほうび》貰《もろ》うて来なはれや」

顔色までかえて躍起になった。試験がすむとケロッとして、吾平に習ってさっそく、
忠平には店の手伝いをさせた。年子には、

「女の子は二十人前ぐらいの勝手元よう切り廻さんと、良家《ええし》の御寮人はんに貰うてもらわれへん」

と、台所で立ち働かせ、お茶やお花から長唄《ながうた》、三味線、舞と、嬢《いと》はんのお稽古ごとを全部習わせ、何でも名取りの免状を蓄《た》めて自慢した。

十四

ノモンハン事件が勃発《ぼっぱつ》して、日華事変が拡大して来た昭和十四年の冬、長男の辰平は歩兵で出征した。

「はじめてのことや、うんと派手にやったろ」

吾平は浪花屋の暖簾衆から送られた幟《のぼり》を、両隣に断わって一丁半ほど並べ立て、店の前へ大きな関東《かんと》煮鍋《だきなべ》と、一斗樽《だる》を据《す》えて歓送者をもてなした。暇をとって他家へ嫁《とつ》いだ女中から、番頭や手代の女房まで大勢襷《たすき》がけで手伝いに来た。

吾平は用もないのに台所へ入って来ては、女中の指図までして落ちつかず、お千代に、

「あんたはん、男のお人のくせに女中の指図までしはって恰好《かっこう》の悪い、男はんは表でデーンと頑張っていやはるもんだす」

とたしなめられた。それでも吾平は気が落ちつかず、うろうろして表と台所を何度も往復した。店の前は大きな関東煮鍋の湯気がもうもうとたちこめ、豪勢な振舞い酒に、歓送者たちは顔をほてらせていた。辰平は、吾平に似て、律義に腰をかがめて一人、一人に挨拶をして廻っていた。そんな辰平を見て、

「ふん、やっぱり、わいの子や、兵隊服着てもりっぱな大阪商人やないか、ええ腰のかがめ方しよるわ」

眼を細めて喜んだが、町内の役員たちの顔が揃い、挨拶がはじまるようになると辰平を家の内側へ呼び込み、急に難しい顔をして、

「お前も、今日からは兵隊さんや、もっとしゃんとして胸を張って、兵隊らしい挨拶をしいや」

こうきめつけるのを忘れなかった。町内の役員たちの長い巻紙の挨拶が終ると、辰平がしつらえられた高い壇の上にあがった。吾平が云いつけた通り小柄な体を弓なり

にそらせた。

「本日はこないに沢山の御歓送にあずかりまして有難《ありがと》うさんであります、昆布しかいろうたことのない私が、明日から鉄砲をかついで戦地へ参りますが、身命を賭《と》して闘って参ります、どうか銃後の皆さんもお達者に頑張って下さい、それからまことに恐縮でございますが、昆布馬鹿といわれるほど、昆布のことしか知りません浪花屋の八田吾平を宜《よろ》しく御指導下さいますよう願い上げます」

朴訥《ぼくとつ》ではあるが、真面目で真剣な挨拶であった。しかし、吾平は、阿呆《あほ》！　いらんこと云いな、わいのことなど心配しくさって——と、辰平を睨《にら》みすえたとたん、進行係の隣家の主人が、

「ひき続きまして、辰平君の親父さん、八田吾平さんから皆さんに歓送御礼を申し上げます」

と云った。吾平は祝儀《しゅうぎ》酒で真っ赤に光った顔を、ハッと小学校の生徒代表のように緊張させた。しゃちほこ張ったまま壇の上にあがったが、何をしゃべればよいか見当がつかなかった。瞬時、硬くなって立っていたが、

「わいは学がおまへんので、何も云え致しまへん、へェ、今日《こんにち》はどうもおおきに、おおきに——」

申しわけ無げに揉《も》み手《で》をし、とって付けたようなぎごちない愛嬌《あいきょう》笑いを振りまき、バッタのように頭を下げ続けた。

どっと歓送者は笑ったが、かえって吾平はんらしい挨拶やと気持よく納得した。

続いて、昭和十五年十月に、次男の孝平が応召した。この時も吾平は、

「これで二人目やから、末広がりということがある、うんと豪勢に祝うたろ」

今度は歓送者の接待に、新町《しんまち》の芸者を呼んで来た。関東煮のかわりに、南の繁華街の『鳥芳《とりよし》』の親爺《おやじ》を呼んで来て、店の前に屋台を張らせてうまい鳥を焼かせた。店先に溢《あふ》れるような歓送者や、派手に着飾った芸者衆の間をせかせか走り廻りながら、吾平は独りで、

「目出度いこっちゃ、目出度いこっちゃ」

を繰り返していた。ひき続き町内の小学校で行われる合同歓送会への途中も、あるだけの旗や幟を押したてて晴れ晴れしい列を連ね、吾平はその列の先頭に立って歩いていた。得意げに威張って歩いていた。その吾平の姿を見て、孝平は、

「丁稚奉公して金があるだけが身上《しんしょう》や、学問のない単純で頑《かたく》なな六十前のお父はんが、これからの難しい統制経済時代を、どないしてやって行かはるか……」

心の中で懸念《けねん》した。

こんな孝平の心配は、孝平自身も予想出来なかったほど早くやって来た。孝平の出征した年の終りには、戦時下の経済新体制が発表され、急に商売はしにくくなって来た。

昆布は間もなく統制品になった。新聞に発表され、官報にも詳しく明記された。吾平は、女学生の年子に何度も同じ処《ところ》を読ませてみたが、難しい条文の解釈が出来なかった。日頃《ひごろ》から昵懇《じっこん》にしている阪急百貨店の倉本食料品課長の、学問のあり気な顔が頭に浮かんだ。

「年子、そうや、そうや、あの倉本はん、もの識《し》りやさかい、ちょっと伺うて来るわ」

と出かけて行った。倉本課長のもとへは同業者たちも集まっていた。

「こんなけったいなことあるかいな、自分の商売を、自分で自由にでけへんて無茶いうな、それやったら、まるで自分の女房、自分の思うようにでけへんみたいなもんやないか、阿呆らしい」

「奉公して自分の店持って、三十年商売して来たけど、こんな難しいこと始めてや、狐《きつね》につままれたみたいな話や」

「商いでけへんかったら、どないして食べて行けいうのやろ、持ち金の食いつぶしいうのは早いもんや」

狭い食料品課の部屋は、まるで北浜街の株式暴落のような深刻な騒ぎであった。二、三十年来の商法やしきたりを、突如として変えねばならない時だけに、みんなが戸惑っていた。倉本課長も、一日、一日と統制品が増えて、百貨店の広い売場のケースが乏しくなって行くことを思案していた。

統制品になった昆布は、商人が勝手に産地からひくことは許されなくなり、その地方の人口の頭割りで消費量が割り当てられた。これには無理があった。これまで北海道、樺太《からふと》から、東京、名古屋を素通りして大阪で昆布業が発達したのは、大阪の異常な昆布の嗜好《しこう》と、業者の昆布加工のうまさによったものだった。机上の計画で、一律に人口割りに配給してみても、昆布を嗜好する習慣を持たない地方都市では、余剰になる場合もあった。

陳情や折衝が繰り返されたが、結局、一年に百二十万貫消費していた大阪へ二万貫しか割り当てられなかった。二万貫の昆布は、吾平の店が一年間に仕入れる量である。百軒を数える大阪の昆布業者は転業するか、それとも加工と販売にわかれて、何とかその二万貫の加工販売で食べて行かねばならない羽目になった。一軒の店で加工と販売を独占することは許されず、少しでも多くの業種に別れて僅《わず》かな利潤を広く薄く分配しなければならなかった。

吾平は加工か、販売かを決し兼ねた。御飯を食べながら、箸《はし》をとり落すような日が二、三日続き、急に食欲が無くなって肩の肉を落したまま寝込んでしまった。工場で加工する方がずっとボロかったが、船場の老舗《しにせ》を捨てて、儲《もう》けにだけつくことは出来なかった。

「本家の旦《だん》那はんが死に際に、吾平、浪花屋の暖簾大事にしてやといいはった、百貨店まで進出できたのも老舗の暖簾あってこそや、船場に奉公して、船場商人のしきたりの中で一かどの商人になったわいや、店先の暖簾ははずされへん」

腹を決めた吾平は、寝床の上に起き上り、膝の上に手を組んで、深い醜い皺《しわ》が広がった手に、はじめて大粒の涙が落ちた。

十三《じゅうそう》大橋の加工工場は廃業して、軍需会社に買い取られることになった。明け渡しの朝、吾平は番頭の定助を連れてトラックで工場へ向った。

つい昨日までは一職工だったようないやに油じみて、首の太い四十そこその男が出て来た。衿腰《えりこし》の高いヒットラーのような国民服を着て、上等な厚地の戦闘帽をかぶっていた。完全な明け渡しも済んでいないのに、主《あるじ》のように事務所の大きな椅子《いす》に両《りょう》股《また》をうんと広げて腰をかけていた。

「昆布屋の浪花屋はんですか、私が今度この工場を使います中井鉄工場の中井大造です、今日はご苦労です」

「いや、まだ引渡しすんでしまへんよって、ちょっとそこ退《の》いておくれやす」

吾平は相手にもしなかった。とたんに中井は不快な顔をして気色ばんだが、強《し》いて鷹揚《おうよう》にかまえ、

「やあ結構です、私の方は同じ工場の買取りでも、浪花屋昆布の工場のあといえば、誰でも知っているから、まず道順だけでも教える手間がはぶけるし、なにしろ貫禄《かんろく》もつきますよ」

愛想《あいそ》の一つも云ったが、これにも吾平は、にこりともしなかった。吾平には、そんな気持の余裕などなかった。もの乞《ご》いのようなみすぼらしさで借金を頼みに廻り、女中にまで蔑《さげす》まれ、最後は商人の生命である暖簾を抵当にして建てた工場である。丁稚から四十五年間の、血の滲《にじ》み出るような労苦の結果が、こんな安手《やすで》な男の手に渡るかと思うと情けなかった。事務室を出て、工場の中へ入って行った。昆布を製造しなくなってから半年近くになる。がらんとした作業場の中には、一束の昆布も見つからなかった。かつては一年に二万貫の昆布を加工した作業場が、白い埃《ほこり》をかぶったままだ

った。昆布削りの機械が五台、昆布茶粉末機が一台、塩昆布切断器が四台、塩昆布煮たき釜《がま》十三個が、すでに漆喰《しっくい》の床からとりはずされていた。昆布の漬けまえ場の槽《ふね》にも砂ぼこりが溜《たま》っていた。明日から、ここへ熔接機《ようせつき》や旋盤が備え付《つ》けられ、モーターの音が鳴り出すのだ。吾平は、静かにかがみ込んで、床から取りはずされた昆布の機械を触ってみた。漬けまえの槽《ふね》にもそっと手を入れてみた。どれもこれも以前に、吾平が有頂天《うちょうてん》になって触り、動かしていたものばかりである。酸《す》っぱい昆布の匂《にお》いが直接、鼻に来るようだった。思わず、涙が眼に来た。

「定助、わいはもうあかん」

「へえ――」

「辛《つら》いのやぜェ、辛いのや」

吾平は、見栄もなく弱い本音を吐いた。丁稚の時から三十二年間吾平の働きに随《つ》いて来た番頭の定助も掌《てのひら》を握って泣いた。長い間、商運を加護して貰《もら》った蛇霊《みいさん》の社《やしろ》へも詣《まい》った。工場の敷地内の東南隅にある社も、砂埃にまみれたまま、供物《くもつ》さえも見付からなかった。商運を得て、派手にお祭りして社の普請《ふしん》も重ね、効験あらたかな神旨を承っていた頃を思い出し、あわただしい時の流れを感じた。

もう一度、事務室に寄った。まだ残っていた帳簿や書類などが、何時《いつ》のまにか荒縄《あらなわ》をかけられて部屋の隅へ積み重ねられていた。

「もう、お済みになりましたか、何かまたお気付きのことがありましたら云って下さい、うちのトラックで運ばせます」

と云いながら、中井は昼酒を吾平に勧めたが、その慇懃《いんぎん》さが無礼でいやらしかった。

「ほかに何もお願いすることおまへんが、あの工場の中だけは大事に使うておくなはれ、あれはあんたみたいに軍需成金の波に乗って手に入れたもんやない、わいの一粒、一粒の苦しみから出来《でけ》たもんだす」

これだけ頼み込み、定助と運転手に手伝わせて、取りはずした昆布の機械や釜、帳簿類をトラックに積んだ。

ああこれでおしまいかと思うと、吾平は、中井の慇懃な挨拶にも、ろくに応接できないほど度を失っていた。トラックが十三大橋のたもとまで来ると、

「すまんけど、ちょっと止めてんか」

急に車を止め、助手台の窓口から細首をつき出し、もう一度、もとの工場の方を見詰め、吾平は人間に語りかけるように、

「わい、去《い》くでェ」

一こと、こう云った。

この日から以後の吾平は、めっきり老《ふ》けて酒が強くなった。

昆布の配給量はますます少なくなり、月二、三回の配給日には、煙草《たばこ》屋のようにお客に並んで貰わねばならぬことになった。昆布は大阪人の朝の食卓から欠かされないものだったから配給日になると、棄権する人は一人もなく、冬でも朝早くからお客が列を連ねた。配給日の前日になると、吾平は落ち着かなくなった。以前に比べるとうんと昆布の質が落ち、カサカサに乾いた上、団子のようにかたまっている。それを吾平は手で丁寧にときほぐし、頃合の酢加減を打って、少しでもうまくなるように手を加えた。

若い店の者たちが次々と応召して、五十近い番頭の定助も泉佐野の軍需工場へ徴用されたから、吾平は女店員を相手に配給の度に、こんなお客の眼に見えぬ細かい手を入れた。若い女店員は、

「どうせ、同じ値段の配給の品ものやのに、なんで、こんな手間の要《い》ることしはるのやろ」

聞えよがしにこぼした。女店員は、女中とも折合いが悪く小ざかしく、いくら男手のない時とはいえ、こんな女店員を使わんならんのかと、吾平は腹だたしかった。

「いやらしいこと云うたらあかん、同じ配給もんの昆布でも、さすがに立売堀《いたちぼり》の浪花

屋はんは違う、手がこんでると、わいはお客はんに喜んで貰いたいのや、腐っても鯛《たい》というやないか、わいのところの昆布は配給もんでも、ちょっと他所《よそ》とは違うねん」

と、叱《しか》りつけ、配給日の朝は、八時からの販売に吾平は四時頃から起きた。百匁袋に一つずつとろろ昆布を仕分けたり、出し昆布を五十匁ずつしで紐《ひも》でくくった。お客が六時半ごろから寒い表通りに列になって並んでいると思うと、吾平はぬくぬくと床の中になど温まって居れなかった。一番最初の客が来る前に、店先を掃き浄《きよ》めて置いた。十人も並び出すと、吾平はいらいらして中の間の柱時計ばかり見つめた。早くから来ている人のためには一刻も早く売り出したいし、といって、回覧板に記した時間も簡単に変更できなかった。一丁も人が並ぶと、もう、じいっとして居られず、国防色のズボンに相変らず厚司《あつし》を重ねて、

「へえ、おおきに、お待たせしてすんまへん」

まるで自分の手落ちのように、頭を下げて廻った。十五歳の時から、お客さんのいいはることは天皇陛下の言葉と思えというほどの心得に徹して来た吾平にとっては、粗悪な商品をお客に並ばせて売ることなど厚顔無恥なことであった。

配給が済んでしまうと、また広い店の中はがらんとしてしまった。つい三年ほど前までは、処狭《ところせま》いばかりに積み上げられていた昆布が、今では一束も残らないほど数少

なかった。広々として、陰気になった店の間にたって、吾平は今さらのように暗澹《あんたん》とした。

長男の辰平は、出征して四年目、昭和十七年の五月に北支で戦死した。区役所から町会長を通じて、辰平の戦死の報がもたらされた。徳永町会長は第一装用の国民服に威儀を改め、町会からの供物を捧《ささ》げて、重々しい悔みを述べに来た。

「名誉の戦死とはいえ、ご長男で働き者の辰平さんだけにお察しします」

「へえ」

あとはそのまま黙っていたが、徳永町会長が席をたって帰るなり、吾平は算盤を膝の上に置き、

「高等商業まで出し、みっちり商いを教え込み、一番資本《もと》かかりよったやつが、一番早うやられてしもうたわ」

と呟《つぶや》き、涙一滴こぼさなかった。新聞社から、名誉の戦死者の父としての談話を取りに来た時も、同じことを云って中年の新聞記者を戸惑わせた。翌日の新聞には、辰平の黒枠の写真の前に坐っている吾平の写真が麗々しく載り、多くの世間の親と同じように、

幼い時から、親孝行で愛国心の強い子でした。出征中も月に一度は必ず便りを寄こし、何時もお国のために尽したいと云っておりましたから、本人も本望で、私も何よりの名誉と思って居ります。

吾平の云いもしない言葉が、作りかえて記されていた。

「馬鹿にしくさるな、わいはそんな寝とぼけたこと云わへんぞ、辰平はええ商売人で、ええ兵隊やったというたのや」

と怒り、いきなりその新聞をまるめて、便所の大便壺《だいべんつぼ》へほり込んだ。

それからの吾平は、思いついたように店から、五、六軒先の横堀川のふちへ地蔵尊を建てた。どこから手に入れたのか、見事な御影石《みかげいし》だった。地蔵尊の顔も、眠りながら微笑《ほほえ》むような柔和なつくりだった。吾平はすでに窮屈になっていた菓子を、近所の子供たちに配って辰平の供養などしたが、配給の品物しか出入りしない店先へ、ひっそり坐り込んだ吾平の座高《ざこう》は、思いがけなく小さかった。

三男の忠平も昭和十八年の初めに応召した。一軒の家から三人も出征し、名誉の戦死者まで出たので『忠勇の家』と貼紙《はりがみ》され、吾平は町会から銃後奉公部長に任命された。生れてはじめて洋服の団服を着ると、急に吾平は町会のためにこまめに動き廻るようになった。

そこ、ここの出征歓送式に吾平は、娘の年子が銃後演説宝典という本をみて作った祝辞を耳から棒暗記して、奇妙な節廻しで得意然と一席やった。詰まると、

「ちょっと待っとくなはれや、次どうやったかな」

と、ふりかえり、付添いの年子は顔を赤らめた。そんな吾平の熱心ぶりが買われたのか、やがて一日中、団服を着る警防団の役員になった。

警報が出る度に、真っ先に近所で一番高い紙問屋の物干し台へかけ上り、

「警戒警報、敵機来襲！　丸紅屋はん、そこ明るうおまっせェ」

暗がりの中で怒鳴って近所から憎まれた。

戦争が激しくなり、何時、大阪が空襲されるか解らないほど切迫した時でも、自分の生れたところから、京都、奈良、神戸の近くへさえ出かけたこともなければ、一向に知ろうともしない頑《かたく》なな船場の人たちは、疎開《そかい》の準備もしなかった。

「もったいない、御家《おえ》はん（御隠居のこと）を、この家の軒からよそへ移されへん、御先祖はんの土地や、ちゃんと先祖はんが守ってくれはるわ」

と、大仰に伝来の土地と家にしがみつき、佐野屋橋の向うの文楽座で御馳走《ごちそう》の重箱をつつき、浄瑠璃《じょうるり》に凝っていた。それでも、さすがに和歌山の潮《しお》の岬《みさき》から御前崎《おまえざき》へぬけて行く偵察機《ていさつき》が飛来する夜は恐ろしく、横町の空地に急造された防空壕《ぼうくうごう》へ這《は》いこみ、

この防空壕なんぼかかったやろ、大丈夫やろかと、防空壕の値段を改めて真剣に考えたりした。

或《あ》る雪の夜、吾平は物見台の階段を踏みはずして腰を打った。昭和二十年二月初旬の雪の降る凍《こご》えるような夜だった。あまりの寒さに町内の警防団員も、警報とともに飛び起きる元気がなく、ぐずぐずしていた。吾平は、こんな時にこそ、役員が率先するのやと、手早く装束を固め、鉄兜《てつかぶと》をかぶって表へ飛び出した。夕方から降り出した雪が、一面に大阪の街を埋めている。昼間のように明るい月光が、真っ白な雪の上に映え、たち並ぶ家々の軒並がくっきり影絵のように浮かび上っていた。はっと空を見上げると、遠くの方から飛行機の小さな影が見えた。いきなり、横町の物見台へかき昇った。夢中で中ほどまで、かき昇ったとたん、片足を踏みはずした。手すりにしがみついたが、雪の冷たい手ごたえがあっただけで、すうっと体が軽くなった。まともに腰骨を打ちつけた。敵機は何時ものように、潮の岬の方から侵入して偵察して行っただけだった。

「おっちょこちょいなことしはるさかい、こんなえらい目に遭《あ》いはりますねんわ」

お千代から何時になく文句を云われ、呼んで来た骨接《ほねつ》ぎ屋に、打ち身の場所を触《さわ》られては、

「痛い、痛い！　銭とって無茶するやつあるかいな」

怒鳴りながら、吾平は痛さに呻《うめ》いていた。警防団からは名誉の負傷だと云われ、りっぱな感謝状を貰った。退役中尉の警防団長が、紫色の縮緬《ちりめん》の風呂敷に感謝状を包んで来ると、吾平は湿布を巻いた腰のまま、床の上に起き上り、

「有難うございます、ようおくんなさった」

腰骨の痛さに顔をしかめながらも、深く腰を折って御礼を云い、お千代の方を向いて、

「なあ、これやさかい止《や》められへん、ちょうど明治三十六年の内国博覧会の時、献上品を奉って、亡くなった旦那《だん》はんのお供で褒状《ほうじょう》をいただいたあの時から、褒美を貰うのは二回目や」

と喜び、さらに警防団の仕事に打ち込んだ。

それから一カ月半経った三月十四日夜も、吾平は物見台へ一番乗りした。

「敵機来襲！　敵機来襲！」

大声で叫んだとたん、もう築港の方の空が真っ赤に染まっていた。狐火《きつねび》のような焰《ほのお》が暗い空からチョロチョロ這い降りて来ては、ぱっと地上に燃えついた。暗い夜空に火の手がみるみる広がったが、吾平は少しも恐ろしいと思わなかった。築港から立売

堀まで一里も離れているから燃え広がって来るとは見えなかった。

「大丈夫や、ここまでは焼けへん」

物見台の上で、双眼鏡に眼をあて、吾平は何度も繰り返した。第二陣の編隊がやって来た。ぐうっと火の手が近くなったが、まだ大正地区の工場地帯であった。しかし、焼夷弾《しょういだん》の流れ弾が飛んで来、ラジオが止った。夜空に映《うつ》った火の手で明るく照らし出された街の中で、急に人々は不安になった。築港の方が燃えはじめてから小一時間経っていたが、燃え続けるばかりである。今度やって来たらやられるかも知れないと思うと、いいようのない恐怖に襲われた。第三陣の編隊が船場地区を目がけて容赦なく集中攻撃を浴びせかけて来た。強い熱風が、物見台の吾平を叩きつけるように吹き出した。狭い横堀川を隔てた向う側の町内に大きな火の手が上っている。吾平の体がいきなり、洗濯もののようにはためいた。吹き飛ばされぬよう、手すりを握って這うようにして階下《した》へ降りて来た時は、もう立売堀の町内の一角が燃えはじめている。着のみ着のままで髪を振り乱し、胸もとをはだけた人々が、西の方から逃れて来る。町内の人々は、混乱する人の流れを、家財道具を積み込んだリヤカーで押し切ろうとしている。積みこんだばかりの蒲団《ふとん》に火の粉がついてくすぶり出していた。みんなが、一様に市街の中心にある広い御堂筋をめがけて逃れようとしている。吾平の店から御堂筋まで三丁ほどであったから、もうその辺りは人の波で押し倒されそうだった。人波を強引にかき割り、吾平は店へ飛び込んだ。

お千代と年子が防空頭巾《ずきん》をかぶり、リックサックを背負い、店の間で泣き喚《わめ》いていた。

「お父はん！　早う――」

戸の倒れる音がした。裏庭の方から、焦げ臭い熱風が吹いて来た。

「暖簾や、暖簾はずしてから行く、先まっすぐ御堂筋まで行っとりィ」

「そんな、こわい！」

しがみ付いて来るのを、突き倒すように表へ押し出し、御堂筋へ逃げる人の波へ押し込んだ。吾平は、店の正面にかかった暖簾をはずした。長年しみ込んだ昆布の匂いがぷーんと来た。洗いざらしたスタリのない木綿の手触りだった。裏の蔵にも火が移り、体中がほてって来る。手早く暖簾をまるめ表へ飛び出すと、両側の軒並から大きな火の粉が降り落ちた。人波に逆行して、吾平は横堀川へ走り、橋桁《はしげた》に近い水面へ飛び込んだ。店の焼け落ちるのを、最後まで見届けたかったのだ。

川筋の材木屋の筏《いかだ》につかまっている吾平のすぐ横へ、逃げ遅れた紙問屋の御家《おえ》はんと番頭が飛び込んで来た。バリバリと旋風に煽《あお》られて、川中まで火の粉が飛んだ。黒い煙とともに真っ赤な焰が水面を茜色《あかねいろ》に染め、川水は無気味に熱かった。吾平は顎《あご》まで浸《つ》かりながら、自分の店を凝視していた。

突然、瞳孔《どうこう》が刺激され、灼《や》けるような熱気が顔へ来た。熱い旋風が舞い上ったかと思うと、焰はたちまち浪花屋の外郭を包み、むき出した梁《はり》と柱が赤い焰の中で、鮮明な黒い影を映し、烈風にあおられるごとに、さらに赤い火を吐いた。最後に一瞬、明るく焰を吹き上げると、僅か一、二分の間に、三十八年間に築き上げた屋台骨が、火の中へ紙細工のようにヒラヒラと呑《の》まれて、消えてしまった。

グワッと慟哭《どうこく》したまま、吾平は摑《つか》まっていた筏の上に、上半身をうつ伏せてしまった。

どのくらい経ったのか、腹に湿める水に気がついて、筏の上へ這い上った時は、夜明け頃だと思われたが、空一面黒い煙に覆《おお》われて陽《ひ》も見えず、遠方はまだまだ燃え広がっているようだった。

吾平の顔は泥水《どろみず》に汚れ、呆《ほう》けた眼が血走って焦点を失っていた。精根を絞り出すように、一歩、一歩、足をひきずり、よろめくように浪花屋の前に立った。やっと体を支えて、灰燼《かいじん》の前にたった吾平は、肩で息をつき、そのまま地面へ坐り込んでしまった。

「浪花屋は焼けよった――」

押えようのない怒りが来た。体の中がざっと鳴り、声を出すまいと堪《こら》えながら嗚咽《おえつ》した。まだ辺り一面に立ち込めている白い煙が、風にあおられては流れて行った。大阪の船場は、島之内の一部を残して焼けてしまった。

十五

焼野が原になった船場に、半歳経《はんとした》っても昔の暖簾は見られなかった。何時《いつ》までも、ささくれだって乾いた土が虚《うつ》ろに青い空を仰いでいた。かつて『土一升、金一升』といわれた土地に、焼けこぼれた土蔵が、風雨に曝《さら》され汚れた白壁をみせている。横倒しになった庭石や燈籠《とうろう》が、半ば土砂に埋もれて、大阪の商い処《どころ》であった船場は、焼跡のまま残されていた。

心斎橋筋だけが、にわかに繁華になり、膨《ふく》れ上った。しかし、そこにも、もとの老舗《しにせ》はみられず、復員上りや、鎌傷《かまきず》のある土くさい人間たちが、商標のない粗悪な商品を、バナナの叩き売りのように売り飛ばしていた。商人は雲助《くもすけ》のように悪辣《あくらつ》で、商品はどこからともなく湧《わ》いて出た。米、石鹼《せっけん》、綿布、地下足袋、煙草《たばこ》、毛布などが、無秩序にどっと市場に流れ出した。荒削りの戸板や汚れた帆布《はんぷ》を路上に広げ、それが商いの場である。一番繁華な難波《なんば》駅前の一角は、第三国人がいち早く占居して、カレーライス、豚饅頭《ぶたまんじゅう》、ぜんざいを売っている。戦災後、殆どの人が口にすることもできなかった食いものばかりであった。奇妙な訛《なまり》のある日本語で、

「おいしい、おいしい豚まん、食って栄養たっぷりが二つで十円！」

浴びせかけるように威勢よく呼びかけたが、人々はただ、ほこほこと蒸し上る豚まんを眺めて行き過ぎるだけだった。豚饅頭だけではなく、何を見ても、買わずにうろうろ眺めていた。米が一升百二十円、馬鈴薯《ばれいしょ》は一貫目六十六円、綿布一ヤール三十円、地下足袋一足百三十五円では、手も出なかった。米一升が五十銭、馬鈴薯が五十七銭というのが、公定価格であったから、買う人もまた同じように闇稼《やみかせ》ぎをしていなければ、追っつけなかった。三畳ほどのバラックに親子五人がひしめくように住み、頼りにする会社もまだ復興しないという人間は、物資と喧噪《けんそう》の中を、あてもなく終日歩き廻ることしかすることがなかった。男は戦闘帽に垢《あか》じみた国民服を着、肩からだらりと雑嚢《ざつのう》を下げ、無気力に破れかけた靴をひきずっていた。子供を背負った女は、モンペに下駄ばきで、きまって汚れた買いものの籠《かご》をぶら下げてもの欲し気だった。赤い灯《ひ》、青い灯で賑《にぎ》わったことのある道頓堀《どうとんぼり》の辺りには、栄養失調で土色の顔をした浮浪者が、莚《むしろ》の上に芋虫のように転がっている。焼けるまでは、何時もそこに繋《つな》がれていた古風

な『柴藤《しばとう》』の牡蠣船《かきぶね》は、見えなかった。戎橋《えびすばし》北詰めの『丸万』食堂も、心斎橋随一の古い暖簾を誇る『小大丸』呉服店のすがたも見られなかった。

順慶町の浪花屋の本家も、焼跡のままだった。吾平を拾ってくれた先代が亡くなってからは、疎遠になっていた。昭和九年の関西の大風水害に、吾平が借金までして建てた安治川の工場を水浸しにしてしまい、その建て直しの金策を拝むようにして頼んだ時、若旦那の六代目利兵衛から、

「お前はゆすりか、たかりか、一ぺんあかん云うたら何回来てもあかん、お前みたいなひつこい落ちぶれ者は、今日限り出入り差止めや」

と、振り切られたその時から、本家の敷居は跨《また》いでいなかった。それでも、先代の命日にあたる二月十一日には、きまって下寺町《したでらまち》のお墓に詣《まい》っていた。焼跡になってからは、吾平も気兼ねなく、時々、思い出したように本家の前へたった。静かに眼を閉じて、昔の商いを思い出してみた。まともで、性根《しょうね》があって、勤倹な姿がいろいろと思い返され、思わず、

「へえ、旦那《だん》はん！」

こう声に出してみたりした。別家衆《べっけし》の話によれば、六代目の旦那はんは、早くから大阪郊外の千里山に疎開し、船場が空襲された夜は店にいなかったそうだ。年寄りの

番頭と、女中とでは身一つで逃げるのがようやくで、六代も続いた浪花屋本家の古い暖簾は焼失してしまった。その後、旦那はんは、焼跡の処理に一回、大阪へ出たきり、千里山へ閉じ籠《こも》り、昔から凝っていた浄瑠璃《じようるり》に身を入れだした。生活は完全に疎開しきっていた骨董品と、高騰した土地の切り売りで十分やって行けた。商いの方は、もっと世の中が落ちついて、ぼんぼん育ちでもやって行けるようになってからという話であった。

かつて、本家の隣近所に奥深い庇《ひさし》を並べ、五間間口の大きな商いをしていた多くの老舗も、どこへともなく姿を消していた。お祭りの日が来ても、定紋入りの幔幕《まんまく》をめぐらし、提燈《ちようちん》をかかげて、本家に親類一族が集まって氏神の神輿《みこし》を迎えることもなくなった。信用という大きな重石《おもし》のない、無秩序な商人道徳のなかでは、船場の老舗は取引することが出来なかった。暖簾という店の信用を象徴するものを持たない商法は、邪道だと考えた。暖簾を掲げない商取引は、その商品とルートの如何《いかん》にかかわらず、もうそれだけで闇《やみ》取引だと思った。そんな商魂を培《つちか》って来た船場の商人は、店を焼き、営々として蓄積した財産を失い、両手両足を縛られてしまったままで、身動きも出来なかった。明治維新に落ちぶれた士族と同じように、老舗の一族の多くは、先祖伝来の土地を売り食いにしても、なお厳しい『暖簾』という商人の掟《おきて》の前にたたずんでいた。

吾平は、大阪難波駅から一時間ほどかかる泉佐野の番頭定助の家に、お千代と年子を連れて身を寄せていた。定助は終戦直前、泉佐野の軍需工場へ徴用されていたが、船場が空襲と聞くなり、燃えつづける船場中を二日二晩歩き廻り、やっと小学校の講堂に避難していた吾平たちを探しあてたのだった。

「旦那はん、えらいことに――」

無事であった吾平の姿をみるなり、抱えて来たお櫃《ひつ》を取り落して泣いた。

「よう来てくれた、待ってた」

吾平は大きなお櫃を受け取り、口ごもった。お千代と年子はリックサック一つのみすぼらしい姿で救護用の毛布の上に坐り、元の奉公人に食事を恵まれる恥ずかしさにひるんだ。吾平はすでに、わいは生れながらの旦那はんやない、丁稚《でっち》上りで大八車をひいた旦那はんや、もう一回車ひき直すのやと、腹はきまっていた。それでも、

「定助どん、おおきに、いただきまっさ」

三日ぶりの白米の御飯を食べた時は、さすがに身がうすれる思いがした。そして、その翌日から定助にすすめられるままに、泉佐野へ落ちつくことになったのだった。

次男の孝平も、三男の忠平もなかなか還《かえ》って来なかった。毎日のように新聞は南方

からの復員を報じ、街には大きな荷物を背負った復員者の姿が溢《あふ》れているのに二人の消息は解らなかった。孝平はフィリッピン、忠平は朝鮮を最後にして長い間、消息を絶っていた。女房のお千代は、心待ちにする日が重なると、発作的に、

「あの子ら死んだの違うやろか、死んだんや、死んだのにきまってる」

早口で自問自答して、泣き出した。二十歳の年子も、母の発作が起ると、昭和十六年に応召して、まだ還って来ない婚約者の梅園佳之《うめぞのよしゆき》を思い出し、体を硬くした。その度に、吾平はそっ気なく座をたって便所に入り、もう一度その日の朝刊を開いて皺《しわ》をのばした。復員関係の記事を何度も読み返し、

「世話をやかせんと、早よ帰って来いな」

とこぼして、溜息《ためいき》をついた。

暖簾を下ろし、逼塞《ひっそく》した生活をしている吾平に、さらに苦しさが加わった。昭和二十一年二月に突如として、旧円が封鎖された。田舎住いの吾平には、全くの抜打ちだった。まともな商いが出来る時になればと、銀行へ預けて置いた金が封鎖されたのだ。一カ月世帯主三百円、世帯員一人当り百円だけ新円による支払いが受けられるのであった。戦災者は一人千円、一世帯五千円まで支払いを受けられた。

最後の絆《きずな》が断ち切られた思いだった。雌伏して、時を得て暖簾を復興する資金の自由を失ったのである。吾平は動揺した、暖簾を下ろし、闇商いをせず、資金を失い、これからどうして行けばよいのか解らなかった。商人になってから吾平が、初めて遭遇する苦境だった。どんな窮地に追い込まれても、一種の機転と飄逸《ひょういつ》さで、つるりと窮地を切り抜ける術《すべ》を備えているはずの吾平であったが、今度ばかりは、そのまま、へたり込みそうだった。——こんな時こそ、人間の腹が大事や、腹さえきまればどんなことも苦にならんし、辛抱も出来るはずや——と、声にまで出して自ら云い聞かせてみたが、気持の動揺は静まらなかった。せっかく丹精した畑仕事にも出ず、何時も心細やかに気づかいして面倒をみる定助にも、ろくに口を利かなかった。そんな或る日、もと十三《じゅうそう》の加工工場にいたオートバイ乗りの吉本が訪れた。

吉本は終戦になって帰還すると、いち早く、どこからともなくぼろオートバイを見付けだし、第三国人と組んで岡山県辺りからどんどん米を運び、大阪駅前の闇市にカレーライス屋を開いた。これで最初の闇資金を作ると、どさりともう一回転させて、今度は旧軍隊が隠匿《いんとく》していた綿布を探し出し衣料に手をつけた。倉庫からひっぱり出したばかりの黴《かび》くさい綿布を積み上げて、得意然と、ぼろオートバイを乗り廻している吉本の姿が方々でみられ、浪花屋の暖簾下一族の中では一番の戦後成金になり上っていた。吾平は、そんな吉本のことを、噂《うわさ》だけに聞き一回も見かけたこともなかったが、それらしく衿元《えりもと》に毛皮のついた皮ジャンパーを着こみ、いやにきれいに髪を分けていた。もとの主人の住いの敷居を跨《また》ぐ鄭重《ていちょう》な挨拶もせず、いきなりずかずかと上り込んだ。

「旦那はん、いつまでも老舗や、何々屋でおますと肩張ってはったらあきまへん、そんな人、みな没落してしもてはるやおまへんか、戸籍へちょっと朱《あか》入れるつもりで、一駒《ひとこま》乗りはれしまへんか、今度わいらで、北海道相手の仕事したいと思うてますねん、もう、そろそろちいちゃい内地相手では、うまい汁は吸えまへん、そこで、旦那はんの北海道の浜で売れた顔貸して貰《もろ》うて、昆布に鮭《さけ》、するめを引っ張って来るいう算段だす、五十万で一勝負、百と十万はかっちり儲《もう》かるうまい話ですねん、ボロおまっせェ」

赤皮の金入れ鞄《かばん》を眼の前で振り廻した。吾平は横をむいたまま、答えもしなかった。

「旦那はんに、喜んで貰《もら》おう思うてわざわざこんな話持って来たんだっせェ、この辺が、ええ勝負のしどころだす」

がいつの間にか馴《な》れ馴《な》れしい言葉で喋《しゃべ》り散らし、吉本は座蒲団《ざぶとん》の上であぐらをかいていた。吾平はじいっと、黙っていた。小さな眼が深い皺《しわ》を刻んだ額の下で、瞬《また》きもしなかった。

ふと吾平は、五蔵《いつくら》も持っていた丸紅塗料問屋の主人が思い出された。二百年も続いた老舗で、船場にしか親類縁者を持たなかった。空襲で焼け出されてからは、大阪の南郊外の浜寺に家を買ったきり何一つ出来なかった。市内の土地を売り尽くして無一文になり、ついに狂って、ああ青い塗りもんが、青い塗りもんがと叫びながら毎日、浜寺の海へ漬《つ》かっている哀れな姿。太平堂眼鏡屋の主人も落ちぶれて、敗戦袋を首にぶらさげ高麗橋《こうらいばし》の三越の前で宝くじ売りまでしてはるとか――、惨《みじ》めに落魄《らくはく》した人々のことが胸に来た。眼の前には、取るに足らぬ闇ブローカーが満ち足りて赤い顔をして坐っている。

「阿呆《あほ》たれ！　大阪は人間でいうたらへそや、大阪商人が闇稼ぎしたら、日本中にほんまの商人無うなってしまいよるわ、大阪商人の根性はなあ、信用のある商品を薄利多売して、その労苦で儲けることや、大阪の根性も知りくさらんと、ど性骨叩きあげたろか、闇屋、帰りくされ」

と怒鳴り、吾平はくるりと、オートバイ乗りの吉本に背中をむけた。

それからの吾平は、毎日、弁当をさげ、満員電車に揉《も》まれて大阪市内へ出かけた。

お千代が、

「旦那はん、なんぞ御用でも――」

遠慮がちに尋ねてみても、黙って首を横にふって家を出て行った。

難波《なんば》から北へ向いて、大阪の伝統も、気品も、郷愁すらも失われた植民地のように狂躁《きょうそう》な心斎橋筋を歩き、疲れると立売堀《いたちぼり》の焼跡に残った石地蔵の前へ腰を下ろした。

誰が作ったのか、戦災でひびの入った地蔵さんの胸に真新しい赤いよだれかけが、ひらひらしていた。吾平は終日、地蔵尊の背後《うしろ》を横切る横堀川の流れを見つめていた。川面《かわも》に藁《わら》しべや玉子の殻《から》、黄色い菜っ葉がぬるぬる揺れて、川岸に点在するバラックのトタン屋根が赤さびていた。

「あんなん、大阪商人やない、ほんまの大阪商人は船場と一緒に焼けてしもた――」

吾平は憑《つ》かれたように飽かずに呟《つぶや》いた。熱い涙が畑仕事に荒れた手の甲を伝って、乾いた土の上に滲《にじ》んだ。

焼けてから一年目の春を迎える雑草が、浪花屋の積み重なった瓦礫《がれき》の間から、風に吹かれて白く光っていた。

第二部

一

孝平は、リックサック一つを背負って還《かえ》って来た。ラバウルの捕虜収容所で、テントの帆布《はんぷ》を継ぎ合わせて作ったリックサックである。旧軍隊の襦袢《じゅばん》、脚絆《きゃはん》、ボロ手拭《てぬぐい》、水筒、飯盒《はんごう》が入っているだけの袋であるが、これだけが三十歳の孝平の帰還の荷物だった。博多《はかた》からまる一昼夜、十五輛《りょう》連結の無蓋車《むがいしゃ》に揺られて、やっと大阪駅へ辿《たど》り着いた。

大阪駅の表玄関から四方、八方が焼き払われていた。ひろびろとした駅前広場を隔《へだ》て、北消防署の高い望楼や新聞社の煤《すす》けた社屋が、灼《や》けつくような真夏の陽《ひ》ざしの中に焼け残っていた。電車は動いているのか、いないのか見当もつかないほどやって来なかった。市電の軌道の上に紙屑《かみくず》や塵埃《じんあい》が溜《たま》り、軌道をはさんでいる石畳も凸凹《でこぼこ》に毀《こぼ》たれている。孝平は電車道を渡って、駅前広場の方へ歩いて行った。広場の中で東寄りの一角だけが、喧《やかま》しく賑《にぎ》わっている。バラック建てや露天の店がひしめくように建ち並び、人間がぶつかり合いながら群がっている。孝平が博多から大阪駅へ着くまで、無蓋車の上から見た地方の駅前の闇市《やみいち》と同じであった。汚れたリックサックの背をこづかれるように押されながら、孝平は駅前の闇市を通り抜けた。梅田新道《うめだしんみち》の交叉点《こうさてん》まで出ると、また広々とした焼跡が続いていた。ここでも市電は一向にやって来そうもなかった。何時《いつ》来るか解《わか》らない市電など待って居れず、孝平は自分の家の方へ向って、南へ南へ歩いて行った。

信濃橋《しなのばし》まで来ると、横堀川《よこぼりがわ》が白く濁りながらギラギラ輝いていた。焦《あせ》りがちに速くなる足を留めて、昨日、岡山駅でつめかえた水筒の水を、ぐいと一飲みした。顔中に脂汗が滲《にじ》み、体が、滝のような汗に滴《したた》っている。吐気を催すような汗臭さの中で、暑さと気のあせりが強かった。この辺りまで来ると、焼け残った大きなビルの姿など見えず、焼跡に瓦礫《がれき》が散乱しているだけだった。商いで繁華を極めた船場《せんば》であったのに、無人地帯のように静まりかえっている。次第に足早になる孝平の軍靴《ぐんか》の音が、砂っぽい地面に音高かった。立売堀《いたちぼり》までもう二、三丁であった。この様子なら家も焼けていると覚悟はしてみたが、その眼《め》で確かめるまでは気がはやった。

やはり孝平の家は、焼けていた。何も無い。万一と望みをかけていた蔵も残っていなかった。夏草がぶざまに伸び繁《しげ》り、焼け毀れた土蔵の壁土が赤茶けて積み重なっている。雑草の間に、ガス管の鉄管が突ったち、瀬戸ものが砕け散り、塩昆布《しおこんぶ》の煮炊《にた》き釜《がま》が、潮をふいたような赤錆《あかさび》の横腹をみせて転がっている。戦災を受けたままの姿で、一年余の風雨に曝《さら》されているようだった。その中で、父の吾平の移転先を記した立札の木だけが真新しかった。

孝平は、立ったまま嗚咽《おえつ》した。汗に濡《ぬ》れたリックサックが、背中の上で揺れた。孝平が六年前、家を出る時に築き上げられていたものが、孝平の知らない時に、無断で失われていた。最後の拠《よ》り処《どころ》にして辿り着いたところに、何もが無くなってしまっている。孝平は、大きな庭石の上に腰を落した。どうすればよいか解らなかった。こみあげてくる激しい嗚咽が過ぎると、明日からの怖《おそ》ろしさが来た。――しかし、ツルブからラバウルへ敗走する何百里かの道の中で、次々と倒れて行く戦友の死を待つように、米袋を盗み、靴を剝《は》ぎ取って生きぬいて還って来たのだ。還り着いたからには、何とかして生き抜くことだ。ともかく今は、父の吾平の移転先を探しあてて、そこで明日から生きるのだ――。孝平は人気《ひとけ》のない焼跡からやっと起《た》ち上り、立札に記された移転先へ向った。

父の吾平は、母と妹と共に、南海沿線の泉大津に住みついていた。八畳、六畳、四畳半、三畳二間の平家建ての、以前の家と比べれば貧相《ひんそ》な構えだった。

突然、還って来た孝平を見て、吾平は、

「もっと早よ帰って来んか、ぐずぐずしてたら、商売の間に合わんわ」

いきなり嚙《か》みついたが、口ほどでもなく、吾平の体は弱りを見せていた。時代が変ったからといって、吾平は急に今までにない算盤《そろばん》のはじき方や、商法で商いをする才覚と融通がきかず、体も気も細らせていた。吾平の昆布の鑑定《めきき》に眼をつけ、うまい言葉で一儲《ひともう》けを誘いに来る者も多かったが、自分の商いの心得に合わないものは、のっけから断わって泉大津から出かけなかった。僅《わず》かに残った不動産と銀行預金で、片意地な隠居生活を続けていた。しかしそれも僅かな間で、旧円封鎖が吾平の財力を根こそぎに覆《くつがえ》してしまった。

逼塞《ひっそく》して静かな生活を続けるにはこと足ったが、商売の資本にするほどの新円の資本はなかった。あれほどの蓄積した金を旧円封鎖の時に、闇物資に換えて、新円を握り込む才覚が少しでも父になかったものかと、孝平は口惜しがった。確かに帰還するのが遅かった。スタートは、完全にしくじっている。しかし、孝平は、戦死した兄の辰平に代って起ち上らねばならない。父の吾平が明治二十九年に、たった三十五銭を握りしめて大阪へ飛び出して来たように、孝平もまた裸一貫からやりあげねばならなかった。

孝平は焦りがちになる重苦しい気持を押えて、まず疲れ果てた体を静養することを自分にいいきかせた。一つの仕事をやり遂げるのに、やりかけて途中で倒れたくなかった。ここは暫《しばら》く、静かに体力の回復に努めることに決めた。八月の終りから九、十、十一月にかけて、三ヵ月間は黙って静養していた。朝六時に起きる父の吾平とともに、裏の畑へ行って芋作りを手伝った。しんめりした朝露で蹠《あしうら》が濡れ、日本に還って来た静かな実感があった。麦混りの米に、南瓜《かぼちゃ》や茄子《なす》の油煠《あぶらいた》めを食べた。やがて米一升の闇値が百五十円になり、ますますインフレになると世の中は騒いでいたが、ここだけは静かだった。吾平も年寄りらしい愚痴も云《い》わなければ、もの欲しそうな儲け話もせず、朝早くから芋作りに余念がなく、

「人間は休む時の度胸が、一番大事や、気の小さい奴《やつ》は、どかんとよう休まんやないか、ゆっくりおおきゅう休むもんやぜェ」

自分の手でふかし芋などをして、孝平に食べさせた。節約《しまつ》なはずの母親のお千代も、

「今日は、綴《つづれ》一本で食べまひょうか」

行李《こうり》の底へしまい込んでいた綴帯一本で換えた白米や魚を、食卓一杯に並べたてて豪勢にご馳走《ちそう》した。妹の年子は、女中を使えなくなった母のお千代を助けて家事を手伝っていた。下着や靴下の洗濯をして孝平に渡すと、一々、例のリックサックの中へしまい込むのを見て、

「兄ちゃん、誰《だれ》にも盗《と》られへんのに、なんで、そないに何でもしまい込みはんの」

年子が笑っても、孝平はやはり、煙草《たばこ》一つ、新聞一枚でも自分のものはリックサックに入れ、何時も枕《まくら》もとに置く習性がなかなか脱《ぬ》けなかった。年子が座敷の掃除にかかる時も、孝平はリックサックを大事そうに抱えて家中をうろうろ歩き廻《まわ》り、まだ還って来ない弟の忠平のことを懸念《けねん》した。

「あいつ、一体どこでうろうろしているのやろ、大丈夫やろか」

「小さい兄ちゃんのことやから、ゆっくりしてはるのでっしゃろ、お父はんが、孝平が還って来ても、忠平が還って来《き》えへんかったら、忠孝にならへん、えらい片手落ちやいうてはったわ」

年子が、孝平を労《いたわ》るように笑った。二十一歳になっていたが、幼い時から少しも変らない素直な明るさであった。

そんな時に、急に年子が結婚することになった。戦争中からの婚約者であった梅園《うめぞの》化粧品店の長男佳之《よしゆき》が、孝平と同じような時期に帰還して来ていて、さっそくに挙式したいという話である。梅園は南の繁華街で、一、二を指差される化粧品の老舗《しにせ》で、専売特許の鶯《うぐいす》の糞《ふん》で作った『夢の花』は、大阪の女性たちに贔屓《ひいき》にされていた。それさえ使えば、色が白くなると信じられ、白くならなかったら使い方が悪いとまで信用されていた。そんな商売柄《しょうばいがら》の梅園であったから、美人とはいえないが、ぬけるように色が白く肌《はだ》のこまやかな年子が、早くから望まれていた。急な話であったが、お千代の計らいで疎開《そかい》してあった嫁入り荷物を丹波《たんば》から送り返して貰《もら》った。

梅園も浪花屋《なにわや》も、まだもとの老舗を復興していない時であったから、内輪《うちわ》だけのひっそりした結婚式だった。吾平は、式を挙げた住吉神社の境内で眼を皺《しわ》にして喜び、写真屋に祝儀《しゅうぎ》を握らせ、

「全部で三十人ほどやけど、顔が重なって一人でも写れへんかったらあかんで、それから縁起よう、みんながニコッとするように、うまいこと笑わしてんか」

と注文をつけた。記念撮影がすむと、お千代と二人で片端《かたわ》娘でももらって貰うように梅園家の親類縁者に、念を押して年子のことを頼み込んだ。

孝平は、妹の年子の側《そば》に立っている梅園佳之の整った顔を見ていた。同じように出征していても、こいつは何処《どこ》へうまくたち廻っていたのかと探りたくなるほど衰えのない顔をしている。蒼味《あおみ》がかった面長《おもなが》な顔に、眉頭《まゆがしら》が黒くくもるほど濃く、一重瞼《ひとえまぶた》が切れ長だったが、気になるといえば女のようにやや受け口の紅味《あかみ》がかった唇《くちびる》であった。

孝平は妹の結婚式以外は、何処にも出かけず、まる三カ月静養した。新聞のニュースを読みラジオを聞くだけで、あとはできるだけものを考えずに眠った。はじめのう

ちは、昼寝の時でもラバウルでの捕虜生活を夢に見て、いまだに罐詰《かんづめ》の空罐を持って空腹に苦しみ、うなされて眼をさましたが、一カ月ほど経《た》つと、夢も昔の家のことが多くなった。孝平が商大を出てから、父の吾平の指図で百貨店との取引をやらされていた頃《ころ》のことをよくみた。戦死した兄の辰平は、若旦《だん》那はんで本店の差配を受け持っていたが、外商係りの孝平とよく意見が衝突した。その度に、お前は大学まで出てるけど商売は年季《ねんき》や、店先の五十貫目の荷造りの一つでも出来てから一人前の意見はいうもんやと云われた。そう云われて、冬の寒い日、孝平は両手を血だらけにして店先の原草昆布の荷造りをした。丁稚《でっち》が夕食を呼びに来ても、手を休めず五時間ほどかかってやっと仕上げた時は、十時過ぎになっていて、体中が汗に濡れ、口から白い息が出ていた。ほっとすると、父の吾平が前に立っていた。お前、せっかくしたけどこれ逆結《さかむす》びや、こんな結び方やったら運送屋も受け取ってくれへん、旦那の兵児帯《へこおび》みたいにすぐほどけてしまうわと、いきなり尻《しり》からげして、荒縄《あらなわ》をとってぐっとしごき、片足を荷物にかけてくっくっと結び目を固めて行った——。昼間に見る夢は、夢と現《うつつ》の中の回想とが入り混っているようだった。

三カ月も経つと、もともと健康な体の孝平は、一年ほどの捕虜生活で衰えた体力を、殆《ほとん》ど取り戻した。小柄な父に似合わず大柄な五尺四寸の背丈に肉の厚味がつき、広い額の下に眼ばかり目だたせていた顔にも肉付きができ、薄い鼻柱が尖《とが》らなくなった。

体力を整えた孝平は、まっ先に前田吉蔵の店へ行った。吉蔵は、吾平の店の番頭から別家した男だった。大阪駅の闇市近くで、電車通りの角に一間ほどの間口の店を開いていた。店先から表へはみ出した台の上に、山出し昆布や、とろろ昆布が積み上げられ、思いがけないほどの繁昌《はんじょう》だった。吉蔵は、兵隊服をジャンパーに直したような服を着て、白い上っ張りを重ねて店先で袋包みをしていた。

「吉蔵はん、わいや、還って来たぜェ」

吉蔵は、振り返って、一瞬、驚いたように黙ったが、すぐ早口に喋《しゃべ》り出した。

「へえ、何時《いつ》お還りになったんでっか、ぼんぼんがお還りやいうこと解ってましたら、泉大津までお祝いに参じましたんやのに、それで、旦那はんもお元気でお過しでごわっしゃろか」

と相好をくずしたが、商品と輸送力の乏しい時に、どんな方法で原料を仕入れるかの商売の話になると、口数が少なくなり、

「わては、ほら、手代してました栄七どんから、うまいこと廻してもろてまんので」

体《てい》よく言葉を濁された。

栄七は、大阪港に近い港区九条通りに、バラック建てだったが、ちょっとした倉庫のような店を構えていた。吉蔵の説明では、闇船で大阪港へあがる原草昆布を、栄七の地の利を得た店へ素早くひっぱり込み、ここから吉蔵などの仲間へ捌《さば》かれて行くのだった。孝平は、栄七の店の前で、六年前、父の吾平に手伝わされて来た昆布の匂《にお》いと手触りを思い出した。うずたかく重ねられた黒褐色《こくかっしょく》の昆布に手の出るような執着を感じた。

「ええな、栄七どん、わいも商いしたいねんけど、なんぼで売ってくれるのや」

こう口をきると、それまで女中あがりの女房と一緒に、調子のいいべんちゃらを並べたてていた栄七は、

「えらいすんまへん、あすこへ積んであるもん、みんな売れ口ついてしもてまんねん、つぎの船で来るので、さっそく、ぼんぼんとこは都合させていただきます」

急に口が重くなった。これが帰還した孝平が、はじめて会った浪花屋吾平の暖簾分《のれんわ》け一族の人間たちだった。そして、裸一貫の孝平が、初めて知った世の中だった。憤《いきどお》るとか、辛《つら》いと歯嚙《はが》みする余裕もなく孝平は狼狽《ろうばい》した。

栄七の言葉を頼りにして三日にあげず、原草昆布の仕入れを催促したが、入荷が遅れているの一点張りだった。半月目には、

「ええか、わいは毎日のように来てるのやぜェ、明日はきっとか」

「へェ、明日こそは、ほんまだすねん」

固い約束をしておきながら、やはりその日も、

「すんまへん」

と、揉《も》み手《で》した。

「もう、ええ、お前はわいに都合しようという気は一つもないのや、それでもかまへん、しかし、一体、なんの魂胆があってわいには品もん廻せへんのや、今日ははっきり聞かして貰おうやないか」

孝平も譲らなかった。憤りたい気持を押えて、栄七の店へ足を運んで来た半月間の押し殺したような不快さが膨《ふく》れ上って来た。

「いえ、それが……」

「それがやない、吉蔵の店へは、わいに内証《ないしょ》でというて、品もん廻したってるやないか、あれはどないなるねん」

こんなつまらん手代あがりを相手にしてと思いながらも、孝平は怒りが押え切れなかった。

「わいからいうたろか、お前はわいに売るのが、いややねん、わいの親父に遠慮して、

わいには無茶な闇値をふっかけられへんからやろ、まだある、お前ら、昔の老舗がこわいのや、このどさくさに息の根止めたいのやろが、そうはいかへん、わいは、丁稚から叩《たた》き上げた親父の子や」

ど根性《こんじょう》があるのやとまでは、こんなところで云い切りたくなく、孝平は固い背中をみせ、店先に菰《こも》をかぶせて隠した原草昆布に眼もくれずに帰った。

孝平は、再び家の焼跡の前に立っていた。帰還してから二度目のことだった。晩秋の沈んだ陽ざしが、雑草と瓦礫の間に降り落ちていた。何時の間にか澄んだ秋の気配も冷やかになり、冬が近づいているようだった。肌寒くなって来る夕方まで、孝平は焼跡でうずくまっていた。

――いろんな人の足音が聞え、表情が見える。わっという騒音が聞えたかと思うと、ひそひそと耳うちするしのび声がする。そして、もう、立売堀《いたちぼり》の浪花屋もあかん、しまいやと嘲笑《ちょうしょう》する声が、いきなり聞える。思いもかけなかった酷薄、侮蔑《ぶべつ》、揶揄《やゆ》の顔が重なるにつれ、さらにその嘲笑が大きくなる。――孝平は起ち上って、頭を振った。――金が要《い》る。商売の資本になる新円がいま要る。混乱した経済状態の中でどうすればよいか解らないが、ともかくこの混乱の中へ飛び込んで行って、そこから糸口を見つけ出して行くしか方法がない。今までの、『商人の氏《うじ》、素姓《すじょう》は暖簾なり』などという考え方は無くなってしまったのだ。商人としての名門や、大学を出たことなど何の役にもたたない。今は丁稚精神で起ち上ることしかないのだ。方法や理窟《りくつ》などはそれからのことだ――。孝平はこう心を決めた。

その翌日から、孝平はもう一度、帰還する時に着ていた兵隊服に着換えた。ラバウルの捕虜収容所で継ぎをあてた上衣《うわぎ》とズボンである。戦闘帽を目深に冠《かぶ》って、泉大津・から近い堺《さかい》の闇市へ出かけて行った。見知らぬ昆布ブローカーから、出し昆布を十貫目買い、その場で帆布にくるみ、背中に背負い込んだ。十貫目の昆布は、七、八歳の子供を背負ったように、孝平のうしろ膝《ひざ》の関節まで丈長に大きな荷物になった。電車が着く、入口に向ってわっと人間が群がる。蟻《あり》が小さな穴に群がり入るように、押し倒し、押し返し、入口になだれ込み、乗りはぐれた者は、連結部に鈴なりになって走る。孝平も電車に群がって堺から神戸の三ノ宮闇市へ、昆布を運んで売った。

三ノ宮闇市は、日中韓の三カ国の闇商人が全国から集まっている国際的なブラック・マーケットだった。神戸港を控《ひか》えて国産品はもちろん、外国品もここへさえ来れば何でも集められた。三ノ宮駅から元町駅まで続くガード下は、屋台を広げた闇商人で埋まっている。大声で物資をひけらかす商人と、必死で買い漁《あさ》るブローカーとで喧《けん》噪《そう》を極めていた。濛々《もうもう》とたちこめる塵埃《じんあい》と人波の中から物資が見え、物資の中から人の流れが見えた。日本人、中国人、韓国人、何人《なにじん》だっていいのだ。高く買って呉《く》れる相手、安く売って呉れる相手だけが、互いに探しあてている目標物だった。孝平はガード下の西寄りの方にある昆布の露天商人に、昆布を売り込んだ。農村から米を持って来、貯蔵のきく昆布を買い占めて帰る田舎ブローカーたちを相手にしている昆布専門の闇商人だった。頑健《がんけん》そうな太い首に毛糸の首まきを二重に巻きジャンパーの上に、軍隊オーバーを重ねている五十四、五のおやじだった。

「おっさん、昆布や、ええ力《りき》やで、買いに廻ってんか」

「なんや、新顔のくせに厚かましい奴《やつ》や、なんぼや、品《もの》と値次第や」

「大阪もんの上等で、貫《かん》、三八《さんぱち》（一貫目三千八百円）でどうや」

「ふん、若いのにええ値つけるやないか、まあ、そこへ荷物おきいや」

孝平は、地面に寝転ぶように体を倒してから、どさりっと荷を下ろした。おやじはすぐ荷を開け、出し昆布の端を千切ってしがんでみた。

「まあ、ましやなあ、そやけど値があかん、ええとこ貫、三〇《さんまる》（一貫目三千円）や」

「あかん、止《や》めとくわ、口銭《こうせん》になれへん」

孝平は、そのえげつなさにむうっとした。大阪で、神戸へさえ持って行けば、三千五百円にはなると聞いて来ている。せっかく下ろした荷物だったが、すぐ包み直しにかかった。

「まあ、そないにすぐ怒ったら話になれへん、ほんなら、三〇《さんまる》と三八《さんぱち》の間をとって、三四《さんとよつ》でどうや、その代り、うちは昆布専門やよって、これからずっと、なんぼでも買うたるぜ、そんな大きな荷物持って、闇市うろうろする暇あったら、もう一往復やることや」

考えてみるとそうだった。はじめての闇取引でいきりたっていたが、最初のあたりにしては、値切られたが取引ははずされずにすんだ。

「よっしゃ、そんならその値で、どんどん買うてんか」

孝平の堺から運んで来た一貫目、千七百円の昆布がここで、三千四百円と倍になった。これが、孝平が還ってから自分で儲けた最初の金である。堺から神戸までの往復時間が四時間かかった。朝の七時から孝平は、二往復した。十貫目の荷物は、満員電車の人波にもまれてずり落ちそうになる。うしろから首を絞め上げられるような苦しさである。ぐうっと両足を踏んばって耐え、背中の荷物を元通りに揺すぶりあげる。

「阿呆《あほ》んだら！　こんなでっかい荷物背負い込みやがって」

「おお、どこの餓鬼や思うたら、この荷物、半賃ぐらいの大きい子供やぞォ！」

罵声《ばせい》と冷笑が、孝平のすぐそばから起る。孝平は、黙って眼を閉じて、荷物を背負っている。うしろから突き倒されないように、さらに両足を広げて踏んばった。背中にがんじがらめに縛ったロープが、肩に食い込みそうだった。一週間もすると、十文字に縛ったロープにそって、肩から胸にかけて兵隊服の上衣が擦《す》り切れて来た。裸になると、猿股《さるまた》の紐通《ひもとお》しのように、肌にあかいロープの跡が残って消えなかった。

一月目から、わざわざ堺から大阪へ運び、大阪から神戸へ運ばなくても、大阪から直接神戸へ運べるようになった。堺のブローカーが、大阪へも出店を持つようになったから、そこから神戸へ直行出来るようになったのだった。これで、堺、大阪間の往復一時間半が浮き、孝平は一日、二回の運搬を三回に増し、うまく電車の便が行った日には四往復という無理を押し通した。それまで、魚類の淡泊食を好んでいた孝平が、いつの間にか豚肉を貪《むさぼ》るように食べながらも、一向に肥えなかった。体の無理が目だって顔がやつれて来た。

そんな孝平を見ても、吾平は黙っていた。激変した時代に即応する商業道徳も、仕来《しきたり》も知らなかったから、吾平は孝平をやかましく躾《しつ》けなかった。しかも、戦死した長男の辰平のように、手元に引き据《す》えて厳しく商いを仕込む暇もなく戦地へ出て行った孝平のことであり、変った時代には、孝平の決めた通りやらすよりほかはないと料簡《りようけん》していた。しかし、自分だけは、『大阪商人は、日本のへそや、大阪商人が闇稼《やみかせ》ぎしたら、日本中にほんまの商人無うなってしまいよる』と、ぼろい稼ぎ口を持って来たオートバイ乗りの吉本を追い返した時の気持のままを守って、ひっそりと隠居仕事をしていた。

二

孝平が帰還して、はじめて迎える昭和二十二年の新年は、侘《わ》びしい正月であった。ここ三カ月間に儲《もう》けた十五万円余りの金の中から、正月らしい整えものをして、戦死した長男の辰平に代って、孝平は、急に年を重ねて来た吾平を労《いたわ》った。店が焼け落ちる時、吾平が腹に巻いて逃げた浪花屋の暖簾が、床の間の三方《さんぼう》台の上に置かれていた。匂うような紺の色はすっかり落ち、ねずみ色になってしまった地に、点々と火の粉を浴び、焼け穴がぬけていた。——あの焼け残った暖簾をもと通り、店先へピンと張りたがってるのやなあ——と思うと、孝平はいいようのない腹だたしさと憐《あわ》れさが胸に来て、背をまるめた吾平の姿をそっと見た。昔の店の者たちは、今までは番頭の定助しか出入りしていなかったが、新年の挨拶《あいさつ》にと、吉蔵や栄七らの五、六人の番頭、手代たちがやって来た。申し合わせたように新調の背広を着て、新年の祝儀《しゅうぎ》ものを持って来たが、そらぞらしい挨拶にしか見えなかった。昔の暖簾の精神や繋《つな》がりなどはなかった。

「せっかく来てくれたけど、ごらんのように親父はひっそり隠居で、わいは神戸の闇《やみ》市《いち》通いや、何の力にもなれへんぜェ」

孝平は露骨にせせら笑ったが、吾平は、

「今に暖簾の力が解る、暖簾は大事なものや、お前らにかて思いあたる時が来るわ」

「お父はん、こいつら見なはれ、暖簾なんか無うても、ちゃんと大きな商売やってまっせェ、なまじ、暖簾のけったいな信仰にかかってたら、何にも出来んじまいや」

「わいはまた、暖簾のない商売はようせん、暖簾を抵当にして商売の金借りた人間や、日本中で何処《どこ》にこんなこと出来るとこがあるねん、大阪の船場だけや」

「その船場も、焼き払われてしもたままだす、もう船場の商いなんかおまへん」

「阿呆《あほ》、何百年も続いた大阪のど真ン中の、商人町がそない簡単に参るもんやない、ああ、えらい座しらけさして悪かったなあ」

吾平は、たしなめるように孝平の顔を一瞥《いちべつ》し、みなに笑顔で屠蘇《とそ》を振舞ったが、座の空気は白《しら》けきって重かった。

松の内も待たず、五日を過ぎると、孝平はまた兵隊服に手を通して、昆布を背負い神戸通いをはじめた。三十一歳になった孝平は、一時《いっとき》も早く資本を作って、店を張って商いをしたかった。

そんな若い孝平の働きが人目にたったのか二月のはじめに、近畿《きんき》昆布荷受組合から招いて来た。老齢になった吾平に代って、浪花屋の八田孝平として昆布荷受組合の役員の一人に加わった。これは、戦争中からの統制経済の枠《わく》にそって設立されたもので、北海道から大阪の人口割とこれまでの消費実績によって入荷した原草昆布をひとまずここで受け、ここから業者へ入荷を割当配給する機関であった。同じ昆布業者でも、吾平のように老舗《しにせ》の暖簾畑の者も居れば、乾物屋と兼業のような者も加入していたが、要は地方監督庁の指令によって動く機関だった。戦争中から戦後にかけて、この人たちは成功者であった。吾平のように昆布の商い以外は、何も出来ない老舗商人は少なかった。一つの組織の中で、巧みに儲けて行く人たちだった。

孝平にとって、新しい経験だった。大学を出て二年目に出征し、昆布の経験といえば、父の吾平の商いの手伝いしかなかった。大阪高商出の横田組合長は、

「大学出で浪花屋の跡取り息子のあんたが、満員電車の中で昆布の背負い姿で揉まれてはるの見て、やっぱりえらいと思いましたわ、親父さんからの丁稚根性いうのか、ともかく真似《まね》できんことだす、その気で好きな持ち場をいうとくなはれ」

まず最初は経理、事務関係担当が、穏当な常識と考えられたが、孝平は思いきって

好意に甘えることにした。

「初めからちょっと無鉄砲かもしれまへんけど、荷受現場を担当させて欲《ほ》しおます、学校でやった勉強や理窟の範囲で解ってることをやるより、実践して苦労してみんと解らんことをやってみたいとおもてます」

横田組合長は、暫く黙っていたが、

「ほんなら、あしたからでもやってみなはれ」

やや顔を綻《ほころ》ばせて、承諾した。

翌日から孝平は、母のお千代が、年子の嫁入荷物と一緒に丹波《たんば》へ疎開してあった古い背広をとり出した。

「これでうちも安心や、あんたが兵隊服着て背負い姿してたら、辛うて情け無うて——」

と涙ぐんで喜んだが、孝平は、背負い屋でも儲けは確かにあの方がボロい。しかし、わいが兵隊に行ってる間に出来た統制経済の機構は知っておきたい、ここにこれからの商売のやり方の糸口があるはずだと考えた。

積荷は、貨物列車で梅田駅構内の引込み線へ入った。そこからトラックで梅田駅からほど近い肥後橋西詰めの近畿昆布荷受組合の倉庫に積み入れられた。トラックが倉庫へ横付けになると、組合は急に色めきだった。人夫が倉庫の中へ積み終えるのも待ちきれぬように、役員たちは昆布に手を触れて、品質を確かめにかかった。孝平とほか三人の現場担当の役員たちは、さっそく、積荷量と品種を荷受け台帳に引き合わせた。

数字に明るく記憶力のよい孝平は、積荷量と品種を把握《はあく》するのは、確かで速かったが、昆布の品質を見分ける力に乏しかった。川汲《かっくみ》、尾札部《おさつべ》あたりの産である最上の元揃《もとぞろ》え昆布と、根室《ねむろ》、釧路《くしろ》あたりの産になる並もんとの見分けは一見して識別できたが、その間の中級品ぐらいの見分けが利《き》かなかった。他の三人の年輩者が、昆布の表皮の筋を見ただけで、ぴたりと産地ものの優劣をきめて仕別《しわ》けて行くかたわらで、孝平は苦しい息を呑《の》んでいた。

「孝平はん、荷受現場で一目で昆布の見分けがつかんようでは危のうてかなわん、字盲でもかまへんけど、昆布盲は場違いやぜェ」

こう毒づいて来たのは、三人の現場担当役員の一人で、戦前、立売堀の浪花屋が立派に店を張っている頃は、堺の端くれで昆布の小商いをやっていた大岩五郎だった。荷受組合へ入ってから急にのし上って来た男だけに、老舗の二代目である孝平には妙にからんで来た。すんまへんというのも馬鹿らしく、孝平は唇《くちびる》を薄く結んで押し黙っていた。

孝平は、人気《ひとけ》のなくなった倉庫に残って、一枚、一枚、昆布を手にとって匂いを嗅《か》いでみた。海藻《かいそう》らしい生《なま》しい匂いのするのは上もの、乾いたキナくさい匂いのものは並ものだった。次に口でしがんでみた。いつまでも舌の上にぬるりとしたコクのある味が残るのは上ものにきまっていたが、暫くしがんでいるとカスカスの味になって来るものは、やはり並品であった。しかし、こんなことを、一々やってみなくても、昆布の表皮に現われたきめや、凹凸《おうとつ》などの筋だけを見て、一目で判断しなければならない。それは、長い経験とカンによるほか仕方がなかった。やっぱり、親父は昆布の神様やったのかと、孝平は深い溜息《ためいき》をついて、そんな晩は一パイ飲屋で立飲みして帰った。

塩昆布の茶漬けを食べながら、孝平がこの苦労を話してみても、吾平は、

「そら、口でなんぼわいが教えてもあかん、わいの話きくより、弁当二つ持って、朝一番から夜遅うまで倉庫へ行って、辛抱強う昆布の顔見とりィ、それだけや」

と、突っぱねた。

吾平は、戦災後、暫く身を寄せていた泉佐野の番頭、定助や、田舎へひっこんだきりでいた久吉と増吉を手元へ呼んで、昆布の加工をはじめかけていた。闇商売の横行

する時機に、厖大《ぼうだい》な資本かけて大阪の繁華街で商いすることの危険をさけ、住いのある泉大津から近い堺に小さな昆布加工場を持ったのである。

「こんな時に、大事な暖簾張って、危ない商売するもんやない、今は、じっと昆布作ってたらええ、昆布屋はブローカーみたいに、昆布の売り買いだけをするもんやない、自分の手で作ってみ、味おうてみて、売るもんや」

こういって、自分も庖丁《ほうちょう》を持って、とろろ昆布をかき出した。はじめ出すと根《こん》を詰め、家へ帰って来ると、まるで温泉へでもつかりに行ったように、

「ああ、ええ塩梅《あんばい》やった」

機嫌《きげん》のよい声を出すほど、昆布作りに身を入れた。

「何というても、お歳《とし》でっさかい、いい加減にしておくれやす」

お千代が気遣っても耳をかさなかった。昔と同じような昆布を作り、立売堀へ店を復活させる基礎を築こうとしていた。

その日も、何時《いつ》もと変らず、黒っぽいねずみ色のズボンをはいて、ワイシャツを着、厚司《あつし》のような茶羽織を重ねて、堺の加工場へ出かけた。

九月の中旬すぎにもかかわらず、肌に粘りつくような暑さに蒸され、降りそうなまま執拗《しつよう》に曇った空が鬱陶《うっとう》しかった。吾平は、八月の初端《しょっぱな》に入荷した上質の『走りも

の』で、とろろ昆布、それも真白な霜地《しもじ》のような上ものの製造に、今日から手をつけたいと考えていた。四、五日前から、定助を相手にして、『漬《つ》けまえ』の酢の加減を吟味していたが、満足のゆく加減が出来上らなかった。昆布のうま味を大きく左右する酢加減だけに、吾平は少し焦《あせ》り気味だった。

「定助、この漬けまえが一番大事や、冬場、秋場、夏場、春場によって酢の調合工合が難しゅう変ってきよるし、漬け方も違うて来る、こんな事の一つも知らんと、大きな顔して大阪名産の昆布屋だす云《い》うてる奴《やつ》が、近ごろ多なりよった、昔、わいらが奉公してた時は、兄弟子さんが健在な間は、絶対、弟弟子は大事な漬けまえさせて貰われへんかったもんや」

妙に残暑が烈《はげ》しかった。吾平の顔にじっとり脂汗が滲《にじ》み、背中は行水を浴びたように汗が滴《したた》っている。時々、胸苦しさを感じて、ふと眼が暗《くら》むような思いもする。大きく息切れがする時もある。手の甲にまで吹き出す汗が気持悪かった。その度に清水で手を洗って、漬けまえの酢加減を見た。今日に限ってうまいこといけへんと口の中で呟《つぶや》きながら、三度目の漬けまえをやってみると、うまい加減が出た。中肉の筋のいい昆布がしっとり酢を吸いあげている。

「うまいこといったなあ、今度は、もうちょっと肉の厚いのでやってみよ、ちょうどえぇ頃合のやつ、わいが探して来るわ」

調子がつくと先刻来《らい》の気分の悪さを忘れ、吾平は加工場のうしろになった荷置場へ、頃合の原草昆布を選《よ》り出しに行った。

朝早くから、吾平の相手を勤めていた定助は疲れていた。煙草《たばこ》を出して一服吸い出した。定助は、六十を越えた吾平の昆布の鑑定《めきき》と加工の巧《うま》さに驚いた。つぎの肉厚の昆布は、どんな漬けまえにするのかと、定助なりの思案を練っていたが、吾平はなかなか帰って来なかった、凝り性の選り方にしても、あまり長すぎると、定助は裏へ廻ってみた。

荷置場の中は、トタン屋根の暑さで、潮くさい昆布の匂いが蒸せかえっている。うず高く積まれた昆布が白い塩をふいて乾燥していた。

「旦那《だん》はん、旦那はん、定助だす」

答えがなかった。もう一度、表へ廻って便所をのぞいてみたが、吾平の姿が見えない。ちょっと喋りに行けるほどの近所も無い焼跡である。今度はもとの漬けまえ場をのぞいてみたが、やはり姿は見えない。再び荷置場へ踏み込んで、

「旦那はん」

と呼んでみたが、原草昆布が蒸せているだけで答えは無い。耳はまだ確かなはずと

思いながら、定助は大きな声を出しながら、高く積まれた昆布の束を揺振《ゆさぶ》った。とたんに束が、ざっと横に崩れて来た。崩れた束の間から、吾平の肩先が見えた。吾平は、原草昆布の束の間へ、身を割り込むようにして仰向けに倒れていた。

「旦那はん！　旦那はん！」

定助は、積み重ねられた昆布の束の間から、吾平の体を引きずり降ろしてみたが、その小さな骨ばった体は微《かす》かな体温を残したまま、声を出さなかった。脳溢血《のういっけつ》で、独りで眠るように死んでいた。

駆けつけたお千代は、いきなり、

「あんたはん、お水飲みたいのんでっしゃろ」

死んだ吾平の口に何度も水を注ぎ、その手が止まったかと思うと、

「こんな、勝手に急に死にはって――」

生きている人に詰《なじ》るように話しかけ、正体もなく泣きくずれた。孝平は体を固くして、吾平の顔を掩《おお》っている白布を除いた。深い皺《しわ》が、まだ生きているかのように太く、顔を横切っている。分厚い唇から、

「えらい勘定違いや、ちょっと死に急ぎ過ぎた」

何時もの早口が吐き出されそうだった。胸に合掌した大きな手を、静かに開いてみ

た。しっかりした太い五本の指である。どうしたことか、指のつけ根に昆布塩が微かに残っていた。硬直しかけた吾平の皮膚に、茶褐色《ちゃかっしょく》の塩気が、しんめりとふいている。

「あ、塩が――」

孝平は、腰をうかせて父の手を取り、塩気を拭《ぬぐ》い取ろうとした。死んでも昆布塩にまみれている手、終生、昆布のためにだけ働き、生きて来た掌《てのひら》だった――。孝平は、拭いかけたまま、思わず泣いた。はじめて、父を失った悲嘆の大いさを知った。

親類たちは、戦後はじめて寄り集まるように寄って来た。妹の年子も、子供を抱いて通夜の日から夫の梅園佳之と帰って来ていたが、弔問客への挨拶も忘れて、じいっと吾平の寝棺のかたわらに坐《すわ》っていた。年子は、父の両腕をもぎ取るような戦争中の統制経済から、戦災、戦後を通じて父の苦労を一番身近に観《み》て来ていた。学問も教養もなかったが、一流の気骨と風貌《ふうぼう》で生きて来た父の生涯を文句なしにえらいと思った。しかし、呆《あ》っ気《け》ない死に方であり過ぎた。年子が嫁入りする前日に、結婚かて、商いと同じや、勤倹、努力、忍耐でしか立派になれへんのやと云った父の言葉を思い出し、もっと長生きして、もう一度も二度も、努力、忍耐を重ねたかったのであろうにと思った。

「あない気にしてはった小さい忠平兄ちゃんの還《かえ》りも待てんと、死にはったわ」

と、繰り返して年子は泣いた。母のお千代は、何を云っても、あ、あ、とうなずくだけで呆《ほう》けたように坐り込み、喪服の着せ付けも年子の手でした。

二日目の午後、吾平の告別式が行われた。浪花屋の八田吾平にしては、ささやかな告別式であったが、昔の店の格にふさわしく寺院を借り切って葬儀を営むほどの余裕がなく、泉大津の寓居《ぐうきょ》で、しめやかに営まれた。日頃、不義理を重ねていたもとの使用人たちも殆ど集まり、暖簾下一族の樒《しきび》が、隣家の門口まで並べられた。まだ千里山で腰を落ちつけている浪花屋本家からもりっぱな樒が届けられた。吾平の恩義に背いたようなオートバイ乗りの吉本も、皮のジャンパーを脱いで黒の背広を着て参列し、何を思ったのか、頭を垂れ腰を深く折って、長い焼香をした。門口《かどぐち》にたって、会葬者に一礼する孝平の前に、大きな横田荷受組合長の体が立った。

「暖簾で商いする人はこれでしまいやろ、孝平君、あんたもとうとう本気で独り立ちせんならんようになった」

孝平の二の腕を力づけるように、押えた。

読経《どきょう》の声が、跡絶《とだ》え、かすかに人気がざわめいた。出棺であった。孝平は、棺の蓋《ふた》を取って、父の体のかたわらに、父の特に好んで使った黒々として艶《つや》を含んだ元揃え昆布を束ねて、ずっしり入れた。最後まで昆布を削り、昆布の上に仰臥《ぎょうが》して死んだ吾平の寝棺は、昆布の重味に揺られながら、静かに運び出されて行った。

三

孝平は、帰還してから、二回目の新年、昭和二十三年を迎えた。僅《わず》か一年も経《た》たない間に、父の死という思いがけない不幸が起り、歳老《としお》いて愚痴っぽくなった母と、小さな女中との侘《わ》び住いだった。大陸戦線に征《い》ったまま、消息を絶った弟の忠平は、まだ還って来なかった。

ややもすれば、暗澹《あんたん》とした逆境に、身を屈《かが》めてしまいそうだった。金は無い、暖簾は無力、いつかは力になって呉《く》れると頼りにしていた父は死んでしまったと思うと、心細くなる時が、度々あったが、その度に辛《かろ》うじて姿勢を支え直し、黙々と大阪の荷受組合まで通った。弁当持ちで、月給六千円であった。荷受組合へ入って一年も経って来ると、内部の事情もよく解って来た。組合の幹部たちは、昆布の割当配給の業務を運営することによって、高給を得ているだけではなかった。いったん、倉庫へ入れた昆布を、各業者に割り当てる時が大きな穴だった。割当業務を担当している幹部たちが、適当に水増し、或《あるい》いは削減した。大幅に水増して売った業者からは、抜け目のないリベートが届けられた。思いがけなく削減されて、血相を変えてどなり込んで来

た業者には、二重帳簿を見せて、

「これ、この通り、絶対量が少ないのやから仕様がないやないか」

ぬけぬけと答えた。それでも諒解《りようかい》がつけられなくなると、

「嘘《うそ》や思うたら、役所へ行って聞いてみい」

横柄《おうへい》に逃げを打ち、監督官庁とは、ちゃんと事前に連絡がとれていた。連日のように派手な宴席を設け、何時《いつ》のまにか大きな店を構えて行く幹部たちは、梅田駅へ一貨車が到着するごとに、ざっと見積って三十万円の暴利を貪《むさぼ》っていた。貨車の着く日は、

「また、三杯着きよるわ」

親指と人差し指をまるめて、銭の型をしてみせた。

その上、配給する時の計りの出目《でめ》も、大きな儲けだった。何万貫という昆布を、一口、何貫という小さい業者にまで分けて行く時には、少しずつ計量の目方を増やしてごまかして行くのが、その手だった。

殺気だつような荷分けの場所に、大きな秤《はかり》を置いて、荒縄《あらなわ》ごと昆布の束を投げつけて来る。臨時の人夫も混っている。ドカンと乗って来る昆布の量を、じいっと計量の針が落ち着くまで待たず、ざっと目分量で決めて、手早く次から次へと計って行った。たまに文句でもいう業者があれば、

「そんな細かいことをいうてたら、日暮れるぜェ、品もんの無い時や、文句云わんと辛抱するこっちゃ」

鼻の先であしらわれた。何時のまにか割当業務にも携わるようになった孝平に、

「なんで、あんただけ、うまいことせえへんのや、何も死んだ親父さんの真似《まね》せんかて、ええやないか、うまいことして割り当てて、割戻《わりもど》しを取りなはれ、その方が割り当てて貰《もろ》うた業者かて、儲けさして貰うて喜びまっせェ」

執拗に誘われたが、孝平は、

「今ごろからあわてて儲けてもあきまへん、闇時代の勝負は、出足が遅うて、わての負けだす、人の儲けたあとの、儲けカスはいただきまへん」

と云いきり、うまく割り当てて儲けられる立場にいながら、あえて公正な割当てしかしなかった。その代り、統制が解けて自由経済になった時こそ、改めて見事な勝負をしてやるぞと、孝平は心に決めてかかっていた。

孝平の粘り強い働き振りと学歴を買われたせいか、暫くすると大阪府の荷受分科委員会に、昆布業者として出席するようになった。これは、各産地から統制機関を通して大阪へ送られて来る食料品の割当配給を企画し決定する委員会であった。乾物、青果、牛肉、穀類など、みなここで決定され、大阪の台所の総元締めだった。

疎開先や戦地から、毎月四、五万の人間が大阪へ帰り着き、まず食糧から漁《あさ》り出している。そんな市民の飢が、何人かの人間が集まって決める月一回の荷受分科委員会で、決められていた。孝平の出席する昆布委員会でも、樺太《からふと》水域をソ連に押えられ、ますます減少する昆布の産出高に対して、逆比例のように需要は増大して行った。ともかく一貫目でも沢山ぶん取れば、それだけ間違いなく儲かるという、原始的な商売だった。そうなれば、正確な人口割の比率や、これまでの業者の実績ではなかった。大きなかけひきだけが、きめ手である。

大量の荷が大阪へ到着する前に、委員の一人は産地へ飛んで、北海道の出荷機関のボスと役人にわたりをつけて、神戸、京都の荷受高を押えてでも、大阪の割当量を増やす。もし、この話し合いが法的にうまくゆかなければ、統制外のわかめを同じ貨車に積み込んで貰って、いわゆる色をつけて貰う。大阪へ荷物が着くころには、大阪府の監督官庁の役人を抱き込んで、正規の荷受量以上を大阪へ引き込んだことを、黙って見過して貰うのである。そのためには、役人の人格や個人の識見などは無視して、一にも二にも無理押しで納得させてしまう。市民たちは、役人が闇をしているから、正直者が飢え死にすると恨んだが、真相は、転んでもただどころか、両手に砂を握って起き上る商人たちに、役人たちは操られていた。

孝平は、こんな海千、山千の金を追いかける商人たちの中で、激しく揉《も》みぬかれながら、強靱《きょうじん》な商人のかけひきを学び取っていた。弁当持ちで金六千円也《なり》の昆布荷受機関の役員であったが、孝平は、昆布の鑑定《めきき》、産出地から消費地へ来るルートを知り、その上、各食料品関係の大物《おおもの》とも顔見知りになっていた。統制経済による荷受機関でなければ、こうして大物級が一堂に集まることもあるまい、その凄《すご》さに一生出会うこともできずに終ったかもしれないのだと、孝平は腹の底で雀躍《こおどり》していた。

孝平に縁談が起った。弟の忠平が還って来てからと思っていたが、三十二になっていた孝平のために、母のお千代が結婚を急いでいた。話の相手は、浪花屋と同じように西船場に店を構えていた乾物問屋の娘である。格別の暖簾も持たない店であったが、主人が丁稚からの叩《たた》きあげで内実の堅い家であった。いよいよとなると、暖簾のない点でお千代が二の足を踏み、泉佐野の定助がかつての大番頭気取りで、

「暖簾からいうたら、もっとええところからお貰えになりますのんに」

不服そうだったが、孝平は縁談を進めようと思っていた。平凡な顔だちの良さと、小学生の時、全日本健康優良児に選ばれたことがあるという、その一ことが気に入った。孝平は商売人の女房というものは、一生共稼《ともかせ》ぎ夫婦で、しかも二十四時間勤務の

共稼ぎだと思っていた。食事の最中でも、お客があれば飛び出して商いし、夕食後の一憩《ひとやす》みに取引先の来客があれば、たちまち飲み食いの接待係、その合間に店の者への細かい心遣いが要《い》る。個人の実力だけで立って行く商人の世界では、良家からの子女を奉って置くより、下目《しため》からでも夫とともに尻《しり》からげして健気《けなげ》に働く妻が必要だった。嫁《とつ》いで来た乃ぶ子は、孝平より六つ歳下の二十六歳だった。小麦色の皮膚がぴーんと張ったまる顔と、のびのびした体格で、一つ二つ若く見えたりした。四人兄妹の中の一人娘であったが、よく躾《しつ》けられて辛抱強くこまめにたち働いた。妹の年子が嫁いでから置いていた小さな女中も、もったいないからといって、姑《しゅうとめ》のお千代と相談の上で暇を出した。家の中も俄《にわ》かに片付き、女中任せであった掃除に念が入り、端切《はぎれ》でこしらえた座蒲団《ざぶとん》が美しく家内《いえうち》を彩《いろど》った。

還って来てから、家の零落、父の急死、裸一貫からの出発と、心を憩める暇のなかった孝平も、やっと落ち着き、静かに心を温めることが出来た。僅かな夏季手当であったが、母には単衣《ひとえ》ものを買い、乃ぶ子とは、結婚後はじめての一泊旅行に有馬温泉へ行った。

長い間、雌伏《しふく》して商いを勉強していた孝平に、はじめて大きなチャンスが近付いて来た。孝平が近い将来にと予測していた昆布の統制が解除になるらしいという情報であった。それも、この秋十月末ごろ、遅くとも、今年中にという朗報が入った。自由経済になった時にこそ、改めて見事に勝負をしてみせると、自分に誓っていたその時が、間近に迫って来たのである。九月の下旬に、荷受組合はこの新しい動きを知った。幹部たちは眼《め》の色を変えて、落着きを失った。突如として、金儲けの温床がなくなるのだ。孝平ははやる心を固く押えて、自分の商算を練っていた。そして、十月のはじめに荷受組合へ辞表を出した。

「まあ、統制撤廃か、どうか、最後的にはっきりしてからでもええやないか、相変らずあんたは若うて気が早い」

横田組合長は穏やかに慰留してくれたが、孝平の見通しは変らず、心が決っていた。強《し》いて辞表を受理して貰った。

孝平の商算の第一石は、戦後、最初の浪花屋を何処《どこ》に開店させるかということであった。父の吾平が初めて店を開いた立売堀《いたちぼり》の焼跡へは、三日も続けて立ってみたが、余りに人の往来が少な過ぎた。船場とはいえ、横堀川に沿って西へ寄った立売堀一帯は、数えるほどしか商店が建っていなかった。ぼつぼつ新築している建物も、殆ど小さな会社や出張事務所に使われるもので、昔の老舗《しにせ》と名のつくものは、二、三軒しか復興していない。孝平は、ともかく土地だけはあるのだから、意地を張れば店を建てられないことはない、しかし、そのあとの商いは算盤《そろばん》をおくと、とても意地などは通せなかった。もう一つ焼跡になっていた土地があった。父の吾平が商いしていた時、倉庫に使っていた三十五坪ほどの土地が堺筋《さかいすじ》の日本橋《にっぽんばし》二丁目の角から少し入ったところに残っていた。この二つのどちらにすべきかを、孝平は迷った。一方は死んだ父が初めて店開きした地点、片一方は倉庫のあとではあるが、確かに地の利を得ている。日本橋二丁目からは、焼け残った高島屋、大丸、十合《そごう》の大きな建物がすぐ近くに見える。——あの三つの百貨店を結ぶ道の下に、老朽とはいえ戦災に無疵《むきず》の地下鉄が通っている。大阪市民の唯一《ゆいいつ》の強大な、南北を結ぶ足である。何といっても、これからの大阪は、あの心斎橋筋を中心にして栄えて行く。——孝平は思い切って、立売堀より心斎橋筋に近い日本橋二丁目を選ぶことに決めた。本丸を復興するためには、まずそれに必要な拠点を選び、金を作ることが先決事であった。

孝平は店の建築にとりかかった。ついこの間まで場末の今里《いまざと》の大工が、半年ほどの期間に曲りなりにも△△建設という看板を掲げる時代である。二坪ほどの鶏小舎《とりごや》のようなバラックの権利が一万円もする時代だったから、一間半間口《まぐち》のバラック建築でも四十万円はするというのである。それで、中へ入れる建具は別であった。孝平の手もとには三十万円の金しかなかった。昆布を縦横十文字に背負って神戸へ運んだ頃に儲けた金が、十五万円、父の死後、堺の昆布加工場を整理した金が十五万円ほどと、そのほか少々ならあったが、それまで、はたいてしまっては商いの昆布の仕入れに身動きがつかない。立売堀の土地を売れば、何なく調《ととの》えられたが、どうしても売る気にはなれなかった。新しい時代の金の力に頼る孝平ではあったが、父の遺骸《いがい》であるような土地をさっと金に替えるほど割り切れなかった。

今里の大工からは、早く話を決めてくれと矢のような督促で、一日待ってくれと頼み込むと、チェッと人を見下げた舌打ちをした。それでも孝平は、黙って耐えた。ともかく今はなんとか店を建てることだけである。話を少しでも引き延ばし、うまい話に持って行くことだった。そんな時、以前、孝平が勤めていた荷受組合の関係で知っていた大阪府の谷川食品課長と偶然、出会った。

「どうしてますか、あの時から若い人に似合わず、仕事の出来る人やと思っていたけれど」

見忘れず声をかけて呉れたのがきっかけになって、孝平は難航している建築資金の話をした。

「ふうん、そんなの府の住宅協会へ頼めばよい、住宅用だけでなく、いま店舗用にも、建築資金を貸し付けているよ、ちょうどあの頃、青果の方の荷受分科委員会を受け持っていた庄司君が、係長になっているから紹介してあげよう」

と思いがけぬ労をとってくれた。さっそく、翌日、庄司係長に依頼に行くと、たまたま資金借入れの権利を抛棄《ほうき》した分があったのを、特別の計らいで孝平に転用し、施工着手も急いでくれた。さんざん建築資金に苦しんだあげくに、運というものは妙な機会に転がっているものかと、意外なことの運びに孝平は心をはずませた。

四

孝平が最初にスタートする店が開かれた。昭和二十三年の十二月の中旬である。間口一間半、表の大戸《おおど》には腰板を張ったガラス戸を入れ、正面には父の代からの『浪花屋』の暖簾を張った。土間には陳列ケースを斜めに二つ置き、その内側に昆布を保存する容器の置場と、昆布の箱詰め包装用の広い台を配置した。外から見通せる正面、両側の棚には、いろいろな昆布の種類を配列した。使用人は、二十二歳になる岡本三次一人だけだった。広い間口を構え、番頭や丁稚が甲斐甲斐《かいがい》しく商いしていた昔の店の模様を想《おも》い比べると、孝平は感慨無量だった。しかし、これが自分の実力で購《あがな》い得た最初の拠点だ、ここから働いて、徐々に巨大な拠点に広めて行くのだと、孝平は大きな眼を赤く充血させた。

開店早々に、歳暮売出しを迎えた。しかも昆布の統制は孝平の予想通り十二月中旬に解除された。もう荷受組合で原草昆布の割当配給を受けなくても、自由に昆布卸問屋へ行って買い付け、自由価格で売ればよかった。

孝平は朝七時に起きて、自転車に乗って靱《うつぼ》中通りの昆布問屋『大千《だいせん》』へ仕入れに行った。出し昆布三貫目、おぼろ昆布四貫目、とろろ昆布五貫目というのが、孝平の仕入量だった。仕入品十二貫目を、自転車のうしろへくくりつけ、師走《しわす》の街を汗ばみながらペダルを踏んだ。店先には、店員の岡本と女房の乃ぶ子が、馴《な》れぬ商いをしていた。開店したばかりの新顔に、客の足はよりつきにくかった。お客の入りよいようにと、木枯《こがら》しの吹く日も店先の戸を開け放し、ふるえながら商いをした。カサカサに乾燥してきたとろろ昆布には、酢を柔らかく霧のように打った。この酢打ちで昆布が団子のように固まらないように、細かくほぐし、ほぐし酢を打って行く。昔なら職人に任せたこの仕事を、孝平は、乃ぶ子と岡本の三人で根《こん》を入れて夜業《よなべ》した。何時《いつ》のまにか手が酢であれ、ひび割れることもあった。店先に並べた贈答用の紙箱の詰め合せものも、日をおくと紙箱が酢気や塩気を吸いとり、つい乾燥しがちだった。箱詰めの外側の乾燥した部分を、真ン中のしんめりした部分とはさみかえて、霧酢《きりす》をふいてこまめに手入れした。こんな細かな手の入れ方が商品を良くし、客の評判になるようだった。それだけに孝平は、朝七時からの仕入、昼の販売、夜十一時までの商品の手入れ、詰め合せと、一日十六時間労働で働いた。若い岡本の方が参りかけていたが、孝平は頑強《がんきょう》であった。乃ぶ子にも疲労が目だって来たが、黙って商いを手伝い、

「そんな無理しはって大丈夫でっしゃろか、あとで、一ぺんに倒れはるのと違うかしらん」

と気遣ったが、孝平には自信があった。反動的と誹《そし》られても、六年間の軍隊生活は無駄《むだ》ではなかった。軍隊は、勤倹、努力、忍耐の大阪商人に必要な精神を培《つちか》ってくれた。軍隊には名門も学歴もない。お為着《しきせ》の服を着て、何百万の人間が同じ種類と量の労働によって訓練されて行く。訓練され叩き上げられた中から、強靭《きょうじん》な実力のあるものだけが生き残って行く。それでよかったのだ。商いを見習う大切な年代に軍隊にとられていた孝平であったが、軍隊で大阪商人の努力する精神が養われていたのだ。

その年を越え、昭和二十四年になっても一向に物価は安定しなかった。二月に第三次吉田内閣が成立したが、もう大阪商人は、誰《だれ》が首相になろうと関心がなかった。再び統制経済をやらない内閣でさえあればよかった。政策などアテにしていなかった。一人一人の商人の実力で、有るところから、有る物資を集めて来て、買える人に売り、商いが成りたてばよかったのだ。

孝平も、どこからとなく商品を寄せて来て地道《じみち》な商いを続けていた。商人の町だけあって、大阪人の買いものは鋭く実質的だった。手当り次第に、いい加減なものは買わない。品質と値段をにらみ合わせ、安ければ電車やバスに乗ってでも買いに来る。もちろん、電車賃、バス代も、はじめから商品価格にちゃんと見込んで、それでも勘定が合えば買いに来るのである。買いに来る客も商人ならば、売る者も商人、それだけ張合いもあれば、難しい商いということにもなる。

統制がどんどんはずされて来たといっても、まだ牛肉、魚肉、鶏卵などの高い時であったから、割に値段が安く、貯蔵のきく昆布の需要が目に見えて多くなって来た。この食料品の乏しい時にこそ、昆布の需要を増やし、顧客を広めなければならないと孝平は考えた。これまでの山出し昆布、とろろ昆布、塩昆布などに、各々上《じよう》と下としかなかった価格を、上・中・下の三段階に区切った。客の懐《ふところ》工合に応じて、高いもの安いものを買って貰い、昆布の需要層を増加することがねらいだった。しかも、上・中・下といわずに、上・中・並としたところに、並級品を買う客の買い良さをねらった。サラリーマンの窮屈な家計簿を背負った主婦のためには漬けもの用に、出し昆布の裁《た》ち屑《くず》を無料でサービスした。沢庵《たくあん》一本が割高な時だったから、思わぬ人気を得た。こんな微妙なサービスが効を奏して、目に見えて客足がついて来たが、それに製造元も卸問屋も、すべて現金商いで、どんなに昔の暖簾があっても現金でしか、商取引は通用しなかった。

孝平は、乃ぶ子にきりつめた生活費だけ渡すと、あとは全部大きな札入れに押し込んで仕入に行った。いま掻《か》き集め、勘定して来たばかりの、手のぬくもりのある札束だった。この札束と、昆布を見比べ、一貫目でも五百匁《もんめ》でも多く仕入れたかった。できることなら、食わずに居てでも商品が欲しかった。開店の最初から仕入をしていた昆布問屋『大千』の主人は、こんな孝平のあせりを見て、

「孝平はん、前金十万だけいただきまっさ、あとはできた時でよろしおます、あんたには、統制時代にうんと儲けさして貰《もろ》うてます」

と、三十万円の取引でも、十万円の前金さえ払えば商品を持って帰れた。金よりもの貴重な時だけに、あと払いで品物を引き取れることは大きなことだった。孝平の少ない新円資本で十倍も、二十倍もの取引ができ、それだけに儲け高も大きかった。それも、孝平が統制経済時代の荷受組合で、他人に儲けさせてもリベートを取らなかった報いだった。大千商店には、うんと儲けさせたこともある。しかし、リベートというような他人の儲けカスにたからなかったことが幸いした。大きな捨石だった。その当時、大学出のインテリ商人は脆弱《ひよお》うて儲け損いばかりしていると云われたものだ

ったが、長い目で見て儲けるという孝平の計算は間違っていなかった。

義理固い大千商店の協力で、孝平の新円資本力は大きく速く延びて行った。急に使用人の数も増やした。孝平の頭を悩ませたものは、船場の生えぬきの老舗である浪花屋の使用人の躾《しつけ》をどうするかということであった。一人か二人の使用人の時はよいが、大勢になって来ると、やはり昔の店のような厳しいしきたりが必要である。といっても、今さら、丁稚は『吉』、手代は『七』、番頭は『助』などという大時代な封建的なこともいっておれなかった。孝平は、使用人の呼び名は××どんを避け、本人の姓で呼ぶことにしたが、精神は丁稚からの叩き上げ精神を持した。特に最低十年の年季を入れ、五十種類もの昆布を見分けた上でなければ暖簾を分けて貰えない浪花屋であれば、当然、住込みで、叩き上げて行くお店《たな》精神が必要だった。なかには、

「十年もへったくれもあるものか、十年経ったら、一等国も四等国になり下ってるやないか」

と、陰口を云う新興闇《やみ》商店もあったが、事実どうしても十年はかかる昆布修業を、無理に八年に短縮することは出来なかった。孝平は、新規に入って来る店員たちに、十年を一目標にして働くことを第一条件にした。

「十年一昔という言葉がある、口ではえらい簡単やけど長い辛抱や、今晩、一晩よう

考えてみて、わいはあかんと思うたら故里《くに》へ帰りィ、足代はわいがしたる」

お目《め》見《みえ》に来た六人のうち、二人が帰って行った。やはり、昔と若い奴《やつ》らの精神が違うなと、孝平は苦笑した。新規の四人には、

「朝はわいより四十分早うに六時半に起きないかん、店の掃除からはじめて、夕方の七時までぶっ続けに働くのや、その間で、朝ごはん三十分、昼めしは四十分休憩《きゅうけい》してもええ、めしは腹一杯食うことや、盛り切りめしみたいなものでは、うんと働いて、うんと儲けられへんわ、それから、どんな辛《つら》い時でも辛いと口に出していうたらあかん、これが大事なことや」

終りの方の語気は強めて云った。

お為《し》着《きせ》は、昔の木綿の丁稚《でっち》縞《じま》の厚司《あつし》と前垂れに代って、紺の木綿のズボンにねずみ色のジャンパー式の上衣《うわぎ》であった。上衣の胸ポケットにだけは、昔と同じ大黒様の打ち出の小《こ》槌《づち》に『なにわ』と記したマークを入れた。孝平は、自分を呼ぶ場合も昔風な『旦《だん》那はん』を改め、『主人』と呼び、乃ぶ子も、『御寮人《ごりょうん》はん』と云わず、世間一般と同じように『奥さん』と云わせた。

使用人たちは、孝平の厳しいスパルタ式ではあるが、割り切った合理精神に気持よく働いた。まず頑強な体で自分から働き、自分で試してみて、それだけのことを使用

人に要求した。使用人たちは仕事のごまかし加減が出来ず、店には力強い活気があった。

「どうや、面白《おもろ》いもんやろ、こない活気がついて来ると繁昌する、繁昌するからなお精出して勉強する、勉強するから向うの昆布はええと余計に繁昌する仕掛になってるねん、商売て正味《しょうみ》のもんや」

孝平だけではなく店員たちも、まるで自分ら一人一人の力で繁昌するもののように信じ込んで、ハズミがついて働く。こうなると車の両輪が調子付いて走り出すようなものである。最初、平屋建てに作った奥の住いの部分をつぶし、二階建てにして住いを二階へ押し上げた。階下の住いであった部分は床を落して、店を広げた。陳列のケースも三つ増やし、店が急に奥まって貫禄《かんろく》がついた。

忠平が還《かえ》って来た。例年よりは暑さの早い昭和二十四年の七月のかかりだった。下山国鉄総裁轢死《れきし》事件と三鷹《みたか》事件が、一カ月の間に相次いで起り、世間は騒然としていた。二十七歳の忠平は憔悴《しょうすい》した体に、頼り無げな心を抱いて還って来た。国鉄の大量整理に反対し、振り廻している赤旗の波を見て、忠平にはなんでこんなに世間が騒いでいるのか解らなかった。

母のお千代は、急に愚痴っぽくなって、

「お父はんが待ってはったのに、こんな今ごろ帰って来て――」

一カ月ほど同じ言葉を繰り返し、うすい忠平の背中を撫《な》で摩《さす》っていた。孝平は、自分が帰還して来た時と同じように、弟の忠平を静かに憩《やす》ませた。

「店が喧《やかま》しいやろから、白浜へでも行って静養して来たらどうや」

と労《いたわ》ったが、忠平はやっと辿《たど》り着いたところから腰を上げるのも億劫《おっくう》だった。二階の母の部屋で寝たり、起きたりしていた。起きている時は、黙って店の机の前に腰をかけて商いを見ていた。

大学を出るなり出征して、ろくに父の商売の見習もしていなかったが、父の時代と異なった商法としきたりが、忠平にも感じ取られた。父の時代は明治、大正という平穏で単調な時代だった。商人の厳しさもただ一徹で、その中に飄々《ひょうひょう》とした面白味があったようだ。兄の時代は、激しい変動の時だ。伝統的な大阪商人の氏、素姓は覆《くつがえ》され、暖簾だけには頼っておられなくなっている。同じ商人としての一徹な厳しさの中にも、近代的な緻密《ちみつ》な計算があるようだった。兄の苦闘が何となく察しられた。

妊娠八カ月にもなっている乃ぶ子も、台所にたって女中を采配《さはい》し、手があくと大きなお腹《なか》を隠すようにして、かいがいしく昆布の包装を手伝っていた。

還ってから二カ月目に、忠平も店を手伝いはじめた。闊達《かったつ》で大胆な孝平と異なり、忠平は体格も小柄《こがら》で、性格も地味で内気であった。孝平の嫌いな算盤や帳簿の整理を、黙ってこつこつと処理した。会計、店員の指図など店の内側の仕事を受け持ったから、孝平は、店の小さなしめくくりに心を遣わず、仕入や大口の注文受けにだけ立ち廻れるようになった。

百貨店が急速に復興しつつある時だった。終戦後のどさくさ以来、ブラックマーケットで暴利を貪《むさぼ》られたり、いい加減な粗悪品を売りつけられていた消費者たちは、百貨店をめがけて集まってきていた。信用のおける大きな百貨店で、押売りされずに買えることが魅力だった。しかも、交通地獄が緩和しない時に、そこへさえ行けば、多くの商品が揃っていることが強味だった。一般の人気を集め、商品が出揃うにつれて、品物のない時には全く下手《したで》であった百貨店の仕入部が、次第に品質を吟味し、仕入商品を選択するようになった。阪急、大丸、高島屋、三越、そごうなどの大阪の五大百貨店は、父の吾平の時から取引のあった百貨店であったが、時代は変っている。孝平は、取引の回復をしっかり固めてかかった。父を覚えていて呉《く》れて、思いがけなく話が速く運ぶ場合もあったが、若い仕入係長に一介の新興商店の主《あるじ》のようにあしらわれる場合もあった。

同じ百貨店の食料品売場の中でも、その割り当てられた場所と陳列台の大きさと台数によって売上が違って来る。取引商店は、この割当場所と面積の確保を争った。孝平は、丁稚あがりの商人のように、食料品部の課長や係長に卑屈な揉《も》み手《で》やお世辞を使えず、食料品売場の片隅へ追いやられたこともあった。どれだけ良い品物を作り、どれだけ金を持っていても、一介の出入商人に過ぎなかったのだ。孝平は、商人の辛さを知った。商人の哲学は『負けて勝つ』である。どんな場合でも、勝って勝って勝ちまくることは出来そうもなかった。その目的を達成する過程には、平気で這《は》いつくばって負け、最後の収穫によってだけ勝たねばならなかった。それからの孝平は、馬鹿馬鹿しいと思うような新米の主任にでもよく勤め、頼まれたものは一応何でも用だてた。

乃ぶ子の出産日が近づいて来ていた。母のお千代も、実家《さと》方の両親も大へんな力みようだった。大阪の商家の初産は、出生する子供もまた資本《もとで》の一つで、蓄積資本と考えていたから、商いを受け継いで行く男の子でなければならなかった。母のお千代は、知っている限りの神社から安産の御札を貰いに廻り、疎開させてあった孝平を産んだ時の産衣《うぶぎ》を取り出して、乃ぶ子の腹にあてたりした。乃ぶ子の実家からも安産によく利《き》くという漢方薬の煎《せん》じ薬をこっそり持ち込んで、飲ませたりしていた。孝平は、大げさな迷信に苦笑したが、男の子でなければいかんという点は、母や乃ぶ子の実家方と同一であった。

子供は女児であった。孝平は、取引先で家からの電話を聞いてがっかりした。その帰りに、乃ぶ子の入っている産院へも立ち寄らなかった。母に勧められて三日目に産院へ行った。

部屋へ入るなり、

「阿呆《あほ》、手ついてあやまらんか」

と怒鳴ったが、かたわらで声を張りあげて泣く赤ン坊をみているうちに、

「まあ、ええ、女の子でも養子を貰うという手がある、自分の子でも出来損《できそこな》いになる時がある、その点、養子はよりどり、見どり、こっちの鑑定《めがね》に適《かの》うた出来のええのを取ったらええのや、そやけど、つぎはきっと男の子やぜェ、頼むぜェ」

やっと、機嫌《きげん》を直し、子供には三千子という名を付けた。

孝平は、殆ど席の温まる暇もないほど仕入と販売拡張に飛び廻り、忠平は一銭でも無駄な出費がないようにとこまかく会計をひきしめ、着々と確実な資本の蓄積を計っていたが、儲かると同時に税金攻勢が急激になって来た。役人や銀行の幹部達は厖大《ぼうだい》

な金を湯水のように使って宴会をしていたが、中小企業の商人たちは、働いても働いても、税金に毟《むし》り取られ、料亭であぐらをかくことも出来なかった。組織労働者には賃上げ要求ができ、不服なら罷業《ひぎょう》もできた。夏が来れば夏季手当、冬が来れば越冬資金、春になると春季闘争と、一年中のように各労組でストを繰り広げていた。商売人には賃上げ要求も、ストも無い。体を張って、独力で闘うよりほかは無かった。社会党は八時間労働を叫び、全国の組織労働者を固めていたが、中小企業は、主人も店員も十時間は働いていた。そんな時に、中小企業の労使ともの苦しみを剝《む》き出すような事件が起った。

その日も、孝平は七時前に起きて食卓の前で新聞を開いた。そのとたん、『主人一家殺し』という大きな活字が眼の中へ飛び込んで来た。その横に、顔見知りの渡辺仙造と、角隠《つのかく》しを巻いた仙造の妻とベビー帽をかぶった赤ン坊の円形の顔写真が、順番に三つ並んでいた。孝平の店から市電の停留所を一つ距《へだ》てた日本橋三丁目の交叉《こうさ》点《てん》から、少し東寄りに入ったところに店を構えている紙問屋の渡辺仙造一家が殺されたのだった。仙造は四十三歳の壮年だった。妻と子供三人で、五人ほどの店員を使っていた。十九歳の店員Aが、渡辺商店の粗食と過労と薄給を恨んで、主人一家の寝ばなを襲い、満《み》一歳に充たない赤ン坊まで殺してしまったのである。兇器《きょうき》の鋭利な刃ものは四日前から百貨店で買って持っていたというから、明らかな計画犯罪だった。逮捕されて両手で顔を掩《おお》っているA少年の写真の横に、有名な財界人が、中小企業の封建的な雇傭《こよう》関係を非難していた。婦人少年局長も、労働基準法の違反だときめつけ、日本橋一帯の中小企業の調査に乗り出すと発表している。

そのどれもが、孝平には的はずれで、納得がいかなかった。殺された渡辺仙造は、店員とともに朝七時から働き、一日十時間以上も働いた上、寝てからも商売の取引を考えた。粗食であるのは、一人の人間の食費が一般に高く、仙造も店員と同じように麦入りのご飯を食べていた。その麦の混入量が一割ほど主人の方より、店員たちの方が多いというので、粗食といわれるなら仕方がない。薄給というのは、零細な中小企業の資本力で、大資本メーカーのような給与の出せないことは始めから解っている。株式会社・渡辺商店の社長である渡辺仙造さえが、大資本メーカーの部長クラスのサラリー位しか取っていないのだ。しかも、高級サラリーマンのように身ぎれいに気楽にではなく、馬車馬のように働いてである。A少年の犯罪の動機になった粗食、過労、薄給は、また殺された渡辺仙造の生活でもあった。

この事件は、歳末売出しで忙しく過労になる十二月の商店街に微妙に影響した。急に店員たちの機嫌を取り出す店や、殺されるかも解れへんと子供を抱えて実家《さとがえ》帰りする気の弱い女房もあった。必ずしも正当でない世間の批判や同情に便乗する者もあった。孝平の店の店員たちにも、少なからぬ影響を与えたらしかった。目だって公休日の外出からの帰宅が遅くなったり、食事どきの無駄話が多くなり定められた時間より、長々と休憩した。

この年も年末手当をめぐって各労組で年末ストを断行した。特に電鉄関係は強硬であった。その度に年末の買出し客は戸惑い、商人は商品の輸送に困った。全国的なトラックの運輸網を持っている日通も年末ストを強行した。この日、孝平の店へ、堺から運んで来るはずの二百五十貫ほどの昆布があった。その日のうちに荷を受けて、徹夜で歳暮用贈答品に詰め合せ、翌朝、百貨店の開店時間までに納品しなければならない。もちろん、運輸ストにひっかかったといえば、云いわけはたったが、せっかくの売前《うりまえ》にみすみす手をこまぬいているのは惜しかった。といって、動いてくれるトラックはどこにも見付からなかった。

「忠平、癪《しゃく》に障《さわ》るやないか、ストのおかげで一日分の売上げ棒に振るわけか」

と、舌打ちした。

「兄さん、ええことがある、大八車やったらどこにかてあるやろ、あれ借りて堺まで、昆布取りに行ったらええやないか」

大八車なら裏の畳屋が持っていた。口を切った忠平が先頭にたって、頑強《がんきよう》な体格の田中と越田がついて行くことになった。忠平は、軍隊時代のズボンにジャンパーをひっかけて、肩曳《かたび》きの車をひいて行った。

孝平もじいっとして居れなかった。時間を見計らって、電車で堺の荷出し場所へ出かけて行った。預けてあった山栄《やまえい》の倉庫から、忠平が次々に昆布を出していた。

「忠平、わいも来たぜェ」

うしろから声をかけると、

「なんや、たまに家でじいっとしてたらええのに」

忠平は怒ったように答え、せっせっと大八車へ昆布を積み込んだ。帰途は、忠平の肩曳き、田中と越田のあと押し、孝平は脇《わき》を押した。堺から十六号線を通って、大阪まで四時間半かかった。日頃《ひごろ》は大八車など押したこともない人間たちが、二百五十貫の積荷を運搬して、体中汗になった。

労働者はストライキをして、商人は師走に大八車を曳くのが、いまの日本かと、孝平は思わず、その皮肉さに笑いがこみあげて来た。

五

暖簾

年の始めから何となく政治のうねりを感じさせる昭和二十五年だった。のんびり屠蘇《と》でも祝っておりたい大阪人には、妙に落ちつかない騒々しさで、インフレは一向に抑制されそうもなかった。

税金攻勢はさらに苛酷《かこく》になり、大阪の商人たちは、松の内の挨拶にさえ、税金の話を持ち出した。インフレで暴利を貪《むさぼ》るように見えながら、そのすぐあとからバサリ、バサリと税金にふんだくられて行った。税金を払い、妻子と店員を養うためにだけ、働いているようなものだった。それなら、サラリーマンの方が体が楽なだけでも得やないかと、思案する者もあったが、商売は止《や》められなかった。昨年度分の税金が未納だからである。商売、課税、支払と、一つの軌道に乗って追討ちに走っている。急にストップするわけには行かなかった。考え、判断し、変更するなどという余裕はない。働いて、儲けて、税金を払うだけである。働きの実力が税金に及ばない者は倒れ、税金の上前《うわまえ》をゆくだけうんと儲けた実力者だけが残るのである。無慙《むざん》な闘いであり、勝ち負けだった。ついに税金の苦しさから、発狂したり、自殺する者が出て、年の始めにもかかわらず、十行ほどの暗い記事が新聞の片隅を埋めた。

こんな時期に、池田放言が起った。三月一日の新聞記者会見で、大蔵大臣、池田勇《はや》人《と》は『中小企業の一人や二人が死んでも仕方がない』と、嘯《うそぶ》いたのである。商人の都市、大阪は大へんなショックを受けた。人間を並べておいて、いきなりブルドーザーで大量殺戮《さつりく》されたようなショックだった。

孝平はこの新聞記事を読んで、ぐうっと腹に来た。

「ぬかしけつかったなあ！」

唾液《だえき》が口腔《こうこう》から噴き出しそうだった。激しい憤りが押し上げて来た。——お前ら、一体、わいら中小企業者のように、汗みどろになって体を張って働いたことがあるのんか、敗戦の飢のどん底からでも、わいらはみな一人だけの力で生きて来たのや。経済復興といいはんのか、そんなもんあんたらが国会や、箱根の山で、なんぼまともそうなこというてもあかん。経済復興は一人一人が汗みどろになって働くことや。これという国家補償もうまいことも無く、ここまで働き続けて来たわいら中小企業者に死ねとぬかすのか！　日本の都市の経済復興は、わいらのこの細腕でしたんやぜェ——。

孝平は、新聞をひき破って口惜しがった。その日の大阪の街全体も、池田放言に揺さぶられていた。

「あいつ奴《め》、今度大阪へ来やがったら、道頓堀橋のどぶ川へほり込んだる」

「大阪駅の地べたに土下座さし、あやまらしたる」

不逞《ふてい》な池田放言を糾弾する声が方々から湧《わ》き上り、この夜の法善寺横丁の飲屋の話題もこれであった。

突然、妹の年子の夫、梅園佳之が自殺した。名古屋の百貨店へ取引に行っていた孝平は、電報で知らせを受け、三津寺町《みつでらちょう》の梅園家へかけつけた時は深夜で、もう佳之の体は棺の中へ納められていた。年子は四つの女の子を膝《ひざ》の上において呆《ほう》けたように坐《すわ》っていた。胸もとがゆるくはだけている。どうして持って還《かえ》ったのか、佳之はピストルを顳顬《こめかみ》にあてて、最初の一発で死んでいた。遺書らしい遺書はなかったが、佳之の居間になっている南向きの八畳の間の、紙屑籠《かみくずかご》の傍《そば》に一片の書きおきがあった。商業用便箋《びんせん》に、

阿呆《あほ》なことをした。

一言、走り書きしてあっただけである。細いが大らかなペン字で記してあった。

孝平は急に、年子の結婚式の日、庇《ひさし》の深い薄暗い住吉神社の廊下でみた佳之の印象を思い出した。色白で面長《おもなが》な顔の中で、眉頭《まゆがしら》がくもるほど眉毛が濃く男らしい顔だちであったが、紅味《あかみ》がかった唇《くちびる》が妙に気になった。異様な強烈さと脆《もろ》さを感じ、それまであまり気乗りのしなかった縁組が、その時になって改めて不安になっていた。結婚

後は姑《しゅうとめ》の亡くなっている梅園家であったから、年子は家事の切り廻しに追われて、あまり実家へ帰って来なかった。たまに帰って来た時、孝平が佳之のことを尋ねても、飛びっきりのぼんぼんやわと、のろけているのか、何かをあきらめているのか解《わか》らぬような答え方をした。幼い時から小さなことにこだわらない性格だったから、孝平もそれ以上、たち入って尋ねにくかったが、気がかりにはなっていた。佳之は、船場の御寮人《ごりょうん》はん、嬢《いと》はんらがお風呂《ふろ》へ入る時必ず使っていた美白クリーム『夢の花』本舗の一人息子であった。大学を出るなり兵隊にとられたが、父親の知人の将官への運動が効いていたのか、通信隊で長い間、内地勤めをしたあと、台湾へ行って帰還して来た男だった。軍隊といっても生命を敵の前に曝《さら》す野戦の経験は、ただの一回もない。還って来た佳之には、四代も続いた老舗と相当な土地があった。先代が老舗商人に似合わぬ投機好きで、商売で儲けた金を全部、商いの資本にぶちこまず、その半分は回転資金、あと半分は土地売買に廻したので、肝腎《かんじん》の化粧品屋の方は大きくのびなかったが、戦後の地価暴騰で思いがけぬ財産になった。佳之は、すっかり相貌《そうぼう》を変えてしまった戦後の業界の中で、何時《いつ》息の根を止められるか解らぬような激しい商売をしなくても、先祖の残した土地を売って十分食べて行けた。それでも、世間体があるからという年老いた父の勧めで、年子と結婚した翌年に、心斎橋筋から少し東へ入った三津寺町の焼跡にもとの店を復活させた。父の在世中は間違いがなかったが、父を亡くしてからは、昔の使用人を集めていい気になっていた。商いを知らない佳之は、父の代からの番頭である宮田に任せきりであった。実直で六十過ぎた宮田は一生懸命に働き、月末の支払が済むと、

「旦《だん》那はん、これが今日《こんにち》のお金で」

と、儲かっただけ、そのまま佳之に手渡した。決算報告など眼もくれず、佳之は金だけ懐《ふところ》にねじ込んだ。金は、自分がじいっとしていても、人が働いて儲けてくれるものやと思い込んでいる。そんな調子では長く続くはずがなく、金が無くなって来ると不機嫌になって、あたりちらした。

「宮田、金、金、商売の工合《こわ》悪かったら、土地売ったらええやないか」

番頭の宮田が顔を硬ばらせて、渋ると、

「わいのもんや、わいが売るというたら売ったらええのや」

強引に押し切った。女に入れあげるのではなかったが、年中、家の普請《ふしん》をして凝ったり、清元《きよもと》の会に力を入れて散財したり、昔のままの豪勢な大阪商人の生活だった。節約《しまつ》に躾《しつ》けられた年子が、見兼ねて、

「もったいない、今に罰があたりまっせェ」

遠慮がちに止めると、

「ふふ、お前とこのおやじさんみたいな丁稚上りと違うぜェ、わいは生れながらの絹の上、いや銭の上のぼんぼんや、女は黙っててんか」

眼の色を変えて怒った。宮田はあきらめてかかっていた。佳之の父の代からのしきたり通り、黙々として商いし、儲けが足らなかったら土地を売り、商売の資金が窮屈になれば土地を売り足し、税金がかかってくればまた土地を売っていた。大名のようなぼんぼん旦那と、無能で従属一点張りの番頭では、二年ほどの間に梅園の土地も消えてしまった。

残ったのは、三津寺町の店だけだった。親族一同が集まって、金の工面の話が三日も続くと、佳之は青筋をたてて怒り出した。金の工面だけではなく、急速に出て来た新しい化学化粧品に対抗する方法も考えねばならなかった。船場階級は逼塞《ひっそく》してしまい、今は花柳界の一部にだけ頼っている上方《かみがた》化粧品店をどう維持して行くかということは、大きな問題である。この話になると、佳之はなおさら面倒がり、

「そんなんやったら、いっそのこと、この店誰かに権利で貸して、やって貰《もろ》うたらええやないか、わいは権利と家賃でのんびりやらして貰いまっさ」

と云いきり、親族の期待を裏切ってしまった。佳之のいうような都合のよい借主は、

なかなか現われなかった。商売の凄《すご》さにもまれて来た人たちは、消費者に尻目《しりめ》にかけられているような古くさい化粧品店には、おいそれと手を出さなかった。

二カ月目に化粧品の問屋の口ききで北の盛り場でパチンコをやっている野村という男が現われた。

「お店を借りきって自分で商いするほどの腕と暇がおまへんけど、わてが融資しまっさかい商売はあんたがやっておくなはれ、儲けはわてが六分、あんたが四分、よろしおますなあ」

というのである。佳之は、金が何時も自分の眼の前で廻っていないと気のすまぬ男である。そんなに手っ取り早く金が動けば結構であった。番頭の宮田にも親類にも相談せず、即座に野村と契約してしまった。

野村の融資で、倒れかかっていた商いを続けてみたが難しかった。流行する新しい化学化粧品に対する起《た》ち上りが遅かった。何時、梅園化粧品の前を通ってみても、ぞろりと結城《ゆうき》の着流しで煙草を喫《す》っている佳之と、古くさい大衆的な化粧品ばかりでは、田舎向きか、大阪ならぽっと出の女中にしか通用しなかった。何よりもの痛手は、アメリカ品を真似た洗滌《せんじよう》漂白クリームの流行であった。これまでも、美白クリーム『夢の花』だけでやっとくぐりぬけてきた梅園には、この一撃は大きかった。同じ美白クリームなら、横文字の最新流行式のものが、若い女性にはよかったのである。たちまち梅園は窮地に追い込まれてしまった。焦って野村からさらに融資を受ける、それでも足らなければ高利貸しに金を借りて、『大阪式化学化粧品』という突拍子もないものを始めようとしていた。これに夢中になって、雪だるま式に倍加する高利など慎重に考えていなかった。

ついに佳之は行き詰った。憔悴《しょうすい》してから急に男らしい顔になった佳之は、

「もうあかん何も残ってへん、庭先の砂でも売るしか売るものあれへん」

年子に向って観念した。野村に最初からだまし取られていたのだった。野村は協同経営にして、無制限にどしどし佳之に融資して置き、佳之がくたばった時には梅園の看板ごと抵当に取ろうというのである。佳之の負けだった。

「金無うなっても、豪勢な気失うたらあかん、今日は悦子と女中を連れて、京都の御《お》室《むろ》の桜でも見ておいで」

女房と子供を出しておいて、書きつぶしては破り、破りして反古《ほご》を一杯詰め込んだ紙屑籠の傍に、一片の書置きだけして、自殺してしまったのだ。

孝平は、もう一度、その紙片を手に取ってみた。

阿呆なことした——か、なるほど佳之は阿呆な奴《やつ》だった。いわゆる愚鈍でも馬鹿で

もない、阿呆らしさがあった。底抜けの大きさがあり、底抜けの抜け方があり、飄《ひょう》飄《ひょう》と豪勢に生活するぼんぼん旦那で、戦前の富裕な大阪の二代目、三代目によくあった人間のタイプだった。さんざんお大尽《だいじん》人生を送ったあげく、どうにもならなくなると、阿呆なことしたと、あっさり片付けてしまえる人間であった。もう、佳之みたいなぼんぼん旦那は、これで最後やろ、これからの、えげつない、どえらい世の中には、あんな人間生れても来《き》えへんし、育ってもいかへんやろ。同じ若旦那でも、わいは、これからの大阪の現実を生きぬいて行く商人や――こう考えたとたん、佳之のあわれさが、じかに胸に来た。

梅園家の処分は、梅園の親類の手でやることになり、年子は四歳の悦子を抱え、浪花屋の暖簾をかけて、こぢんまりした商いをして生活して行きたいと孝平に頼んだ。

「そら、あかん、店の者が十年の年季を入れてやっと分けて貰える暖簾や、なんぼ妹でも暖簾のしきたりは破られへん」

にべなく断わったが、年子のためには孝平の店の近くにささやかな借家を借りてやり、店へ手伝いに来るようにして、生活の方法はしっかりたててやった。

没落して行ったのは、梅園佳之のようなぼんぼん旦那だけでは無かった。新円時代の戦後派も没落して行く者が目立った。

統制経済時代、孝平が籍を置いた近畿《きんき》昆布荷受組合の横田組合長も没落していた。荷分け現場で孝平に意地悪くあたった大岩五郎も、政令と監督官庁に助けられて濡《ぬ》れ手に粟《あわ》を摑《つか》むように新円を握った人達も、自由経済へのきりかえ態勢が遅かった。終戦直後の統制は、統制機関の幹部たちにうんと新円を握らせると同時に、裸一貫で独力で築きあげるほんとうの大阪商人のど性骨をぬいた。

辛うじて、統制時代から討死せず、生き残った連中たちも、年頭から続いていた暗い株式市況のあおりを食った。四月を山にして、ついに株式市況は大暴落し、戦後はじめての暴落新記録を示した。株を持っている人たちは、ラジオの株式市況の時間になると、急に落着きを失って上《うわ》ずった。統制時代に儲けて株を握っていた昆布業者も昆布の束の上に体を倒し、

「これで、統制時代のうまい目、全部しまいになりよった」

と、呻《うめ》いた。

孝平は、新円階級はやっぱり新円階級らしい金の蓄《た》め方をしよると思った。昆布の商いで儲けたものは、昆布の商売にだけ使って利潤を産む、株券や信託などという消極的な蓄積には使わないというのが、孝平の考え方であった。それだけに孝平は大阪の商人の間を吹きまくった株式暴落には、躓《つまず》かなかった。

春から梅園佳之の自殺、同業者たちの少なからぬ没落と、孝平の身辺は陰鬱《いんうつ》な暗いことばかりであったが、孝平自身は一歩、一歩、堅実な商売の基礎を築いていた。自由経済時代の孝平の踏み出した第一歩は、決して派手でも目ざましくもなかったが、間違いのない地歩を固め得ていた。

六月に朝鮮動乱が起ると、株式暴落以後、沈滞していた大阪の町も急に活気付いて来た。部分的な軍需景気とはいえ、何でも景気のいいことの好きな大阪人の顔は陽気になった。どこから聞いて来たのか、

「一昨日《おととい》、東西産業の社長が、灘万《なだまん》の座敷でたらふく飲んで、わいは嬉《うれ》しゅうて嬉しゅうてたまらんねん、そら、今日一日で一億儲けたのやと、いいよったらしい、景気のええ話やないか、人のことでも気ぃ大きいなるわ」

蒸し暑い大阪の涼み台の話題を賑《にぎ》わせていた。

孝平もまたこの景気の中で、秋から昆布の加工場を設けようと考えていた。これまでは、一部は家内工業的に加工し、一部は靭《うつぼ》中通りの大千昆布問屋《だいせん》から仕入れたものを売っていたが、新たに加工場を作って原草から加工し、製造販売を一本にした商いを確立しようと思った。

六

加工場は、店の裏の空地へ建てた。二十坪ほどのブロック建築であった。金のかかったりっぱな建築とはいえなかったが、食料品の加工に必要な清潔さに心を配った。むしろ、店と住いの方が、バラック建築並の粗末なものだった。

母のお千代と乃ぶ子が、

「昆布の方が、ええとこへ置いてもろうてはる、せめて三千子のために、お風呂建ててほしいと思てたのに」

と、不満をこぼした。孝平は、風呂は銭湯へ行けばことが済む。狭い住いは気の持ちようで、狭くも広くもなる。昆布の加工場だけは大きければ、大きいだけにいい商いが出来ると思った。何時《いつ》のまにか酒量の上って来た好きな酒を、飲み控《びか》えてでも、孝平は加工場の建築には金をかけた。

別所《べっしょ》工作所へ、特別注文して作らせた昆布裁断機を入れて、据《す》えつけた。これまでとろろ昆布の製造には、手製と機械製があった。手製は櫛《くし》の目のようなこぼれ刃の庖《ほう》丁《ちょう》で原草昆布の表皮を薄く繊維状に削ってゆく。これが黒とろろで、表皮の方の黒いところを削って内部の白みを出し、さらに薄く削ったのが白とろろであった。昆布の裁断機が出来たのは、大正の末期から昭和の初年にかけてであったが、他の精密機械に比べると玩具《おもちゃ》のように幼稚で、昆布の出来上りが手製より落ち、舌ざわりが悪い。しかし手製に比べると、能率がうんと違った。手製は一日根《こん》をつめてもやっと二貫目そこそこの出来上り量で、おまけにむらのない製品を作るには職人に、五、六年の年季が要《い》る。それが機械製で行けば、原草昆布を揃《そろ》えて、型のままに圧縮して機械にかけると、たちまち一日四十貫もの量が仕上って行った。

孝平は、例の大衆品には、この機械の能率をフルに利用して、しかも良いものを作りたいと思った。問題は舌ざわりの粗さである。別所工作所へ昆布を運びこんで、できるだけ薄いこぼれ刃を使えるような機械を考えてもらった。もともと昆布の裁断機の構造などは簡単なもので、利用者が少ないために改良されなかったようなものだったから、注文をつけると、孝平が驚くほどいい機械が出来上った。見た目だけでは、手製か機械製か判別がつかないほどいいものが出来るようになった。ふわっとして柔らか味のある感じだった。ただよく味わうと、心もち手製の方が口あたりが柔らかだった。これなら手製は、高級な食通向きとして、高価に購《あがな》ってもらい、機械製の大衆品は、手製の約三分の一の価格で売ることが出来る。孝平にとって有難《ありがた》いことだった。

加工場の新設と同時に、孝平は商品の販売ルートをもっと拡張しなければならないと考えた。昭和二十三年の秋に開店以来、自分の店と大阪の五大百貨店の食料品売場に足を延ばしただけである。これなら販売面としては、父の時代から一歩も出ていない。昔からの伝統と巨大な組織をもつ大百貨店に、もたれただけの話である。一つとして自分自身の才覚も、試みもない。そんな孝平に、面白い話が持ち込まれた。

孝平と商大の同窓である森山からであった。森山は、電鉄経営を主体にして、かたわら百貨店を経営している大都《だいと》デパートの百貨店部長になっていた。大都電鉄は大阪駅の玄関前から、神戸、芦屋《あしや》、尼崎《あまがさき》などの隣接都市と、高級住宅地、工場地帯をも結びつけて走る大電鉄会社である。その大阪駅の構内の地下と地上五階に百貨店を経営していたが、この百貨店はどう贔屓目《ひいきめ》にみても、一流とはいえなかった。せっかく大阪駅の玄関前という地の利を得ていながら、こんなはずはないというのが大都百貨店の現役部長達の意見であった。大都電鉄、百貨店全体としては、電鉄でうんと稼いでいるから、格別に百貨店の不振に困ることもなかったが、それでは真向うに店を張っている阪急百貨店に対してあまりに芸がなかった。阪急のように百貨店に重点をおいていないし、戦後の百貨店としての起ち上りも遅れていたから、むきになって競争するのは、場違いだったが、何か一つ大阪らしい特長のあることをしたかった。森山はこうした意見を出して、

「ちょうど君は昆布屋の老舗や、ほかの食品関係の老舗の人の顔もよう知っているやろ、大阪の老舗の人ばっかり集まって、何か面白《おもろ》いことやってみてえな、うちは企画や経営にややこしい口出しはせえへん、一階西寄りの百坪の面積をお貸しするから、好きなことやってくれたら結構や」

と云うのであった。

年の瀬も迫ってからの話であったが、孝平は黙って大都百貨店が提供してくれる西寄り百坪の板仕切の場所を見に行った。そこは、ついこの間まで大都電鉄の労働組合が使用していた場所であった。——なるほど、これなら無料提供でも損はいかん。労使関係が終戦直後にくらべて円滑《えんかつ》になって来たから、電鉄構内の正面に大きな標札を掲げている組合をどこかへ移し、老舗に使わせようという算段か——、孝平は、森山たちの名案に感心した。場所は良かった。国鉄大阪駅、阪急電鉄と向い合い大阪随一のターミナルで、人の流れが間断なく続いていた。オフィス街から郊外沿線へ帰るサラリーマン達も、この大都百貨店の前を通ってホームへ入って行く場合が多い。しかも、近く大阪駅前の駐車場が混雑のため一部分、大都百貨店の前へ移って来るという話である。これは、翌日、孝平自身が、大阪府の交通課へ問い合わせに行ってみても確かな話だった。なぜ今までこれだけの場所が、無駄にほって置かれたのか解らなかった。これが大きな組織と資本を持った会社の、馬鹿馬鹿しいようなこぼれ銭だろと思った。

年が明けた早々から、孝平はこの大都百貨店からの話を、方々の老舗へ持って廻《まわ》った。はじめのうちは、百貨店の特売場のように、老舗が一ところに寄り集まる安手《やすで》な感じを懸念《けねん》するものが多かった。しかし、戦後の大阪の繁華街が南と北のターミナルの近くに集中し、船場、島之内の老舗の町が、一般の人の足から遠のいていることにも気がついていた。いくら老舗でも、これまで通り先祖の発祥の地にだけ安住して商いをしていては、めまぐるしい時代から取り残されそうだった。

話が出てから一カ月目に、本店はもとの船場、島之内に置きながら、ターミナルへも進出する必要があるということに、意見が一致した。生菓子の亀屋《かめや》、かまぼこの小寅、羊かんの三河屋、寿司屋のすし千、粟《あわ》おこしの大白など、大阪の有名な老舗が十八軒集まった。

『大阪老舗街』という名前をつけ、大都百貨店の一階百坪の一画を独立させて、十八コマに割って陳列ケースを置き、各々の老舗の暖簾を張りめぐらした。もちろん、古い暖簾を模して新しく染めさせたものであるが、どれも孝平には一目で、どこと解る幼い頃から記憶に残っている暖簾であった。その暖簾をみていると、焼ける前の町のたたずまい、店の構えが自然に眼に来、食べた生菓子の味までそのまま覚えているようだった。ふと、今に暖簾の有難味がわかると、死ぬまで云っていた父の言葉が想《おも》い出された。

大都百貨店の幹部達は、丁寧に老舗の店主たちに挨拶《あいさつ》に廻った。孝平にこの話を持って来た森山も、

「有難う、えらい話題になってる、門外不出の大阪の老舗の暖簾が、一堂に集まったいうて大騒ぎや、これぐらい話題になったら、あとはそない儲からんかって、もうちゃんと宣伝費として浮いてしもうてるわけや」

孝平の肩を強く叩いたが、この突如としてターミナルへ進出した老舗の集団方式は、予想外の利潤になった。同じ種類の食品でも、他の百貨店の一人あたりの買上げ単価より、うんと高いという老舗街らしい結果が出、大都百貨店の一枚看板になった。

この『大阪老舗街』の成功を機会にして、孝平はターミナルをねらい打ちすることに心を傾けた。地下鉄の線がどこそこに延長されるとか、郊外電車の線が新しい地点に引き込まれそうだという話を聞き込むと、孝平は直ちに実地検分に出かけた。二、三時間も同じ処《ところ》に立って、交通量、人の流れ、同じ人の流れでもどの方向へ曲るかなどを仔細《しさい》に確かめた。交叉点《こうさてん》に立ち突っぱっていて、交通巡査が、手で何度、合図し

ても気付かなかった。車と人の数だけが、孝平の眼中にあった。大声で怒鳴りながら巡査が飛んで来、孝平の肩を摑《つか》んだ途端、

「うん、いけそうやなあ」

声をあげて納得し、警官の毒気をぬいてしまった。

弟の忠平は、相変らず店のうちら側を手堅く守り、孝平のターミナル病を心配していたが、このターミナル病に輪をかけるようなことが起った。

東京のターミナルへの進出である。東京の東横《とうよこ》百貨店から、関西の老舗の名産を並べて出すという話があるなり、孝平は東京へ飛んで行った。乃ぶ子の二回目の出産日がすぐ目の前に近づき、今度はどうも男の子らしいと産院でもいわれているのに、それも待たずに暫《しばら》く行って来ると、出かけた。

孝平は、夜行で着いた東京駅からすぐ渋谷へ出た。朝八時過ぎの渋谷駅構内は、山手線、東横線、玉川線、井《い》ノ頭《かしら》線からどっと吐き出されて来る通勤者で埋められていた。人間がエスカレーターのように続いて動いていた。孝平は、構内の紙屑箱《かみくずばこ》の横にたって、東京駅で買った都内地図をひろげながら、人の流れを見詰めていた。東横百貨店は、この渋谷駅構内から大きく広がっている。ここに集まる厖大《ぼうだい》な交通量と、大阪と異なった繁華街の発展の仕方に、孝平は眼を向けた。大阪のターミナル百貨店は

せいぜい私鉄三線が最高であった。しかもその沿線の生活層は、サラリーマン層か、ブルジョア層か割にはっきり定《きま》っていたが、この渋谷駅から放射状に広がっている沿線の生活層は複雑で新しい生活層を増大させているようだった。大阪にないスケールの大きな立地条件――、これが孝平を動かした。これだけの場所で大阪の昆布を食べて貰えるなら、商いのし甲斐《がい》があると思った。

しかし、忠平は常になく強く反対した。

「昔から大阪の昆布、東京の海苔《のり》いうやないか、東京人は、ああ昆布か、あれは安いもので江戸っ子の食うもんやないと思てる、調子に乗りはるのもええけど、東京だけは止《や》めときなはれ」

「そら確かに前はそうやった、そやけど、戦争を境にして変って来てるのやぜェ、戦争中の統制経済で、東京へも大阪と同じように昆布が人口割に配給されよった、食糧のない時や、江戸っ子の食いもんも、へったくれもあれへん、配給された昆布食べてみたら割にうまい、おかげで戦後は江戸っ子にもなかなかの昆布好きがいはるというあんばいや」

「そら、兄さんの屁理窟《へりくつ》いうもんや、東京の商人かて、昆布なんかまともな食べものやないと思てるらしいやないか」

「そんな馬鹿なことあれへん」

「ある、おまっせェ、昆布は佃煮屋《つくだにや》が片手間《かたてま》に扱うて、進物用の箱詰にえびや貝の上等の佃煮を先に詰めて、足らずだけ安もんの塩昆布を入れて量《かさ》増やすのが東京の佃煮屋の常識になってるやないか、つまり昆布はあしらいもんということや、兄さん、あんたあしらわれにわざわざ東京まで行きなはんのか」

「そら、戦争前のことや、お前は還《かえ》ってから東京へ行けへんから、東京の商売は解れへん、お前かてあの渋谷へ立ってみたらやりたいと思うはずや、無学文盲の丁稚精神で乗り込むのやない、合理的な丁稚精神でやってる、東京への昆布一番乗りは、是非わいがやってみたいねん」

いったん、大阪へ帰って来た孝平は、忠平に向ってこう強引に押し切った。忠平はそれでも納得できず危《あや》ぶんだが、新しい大阪商人の型を築き上げて行こうとする兄の烈《はげ》しい闘争精神には搏《う》たれた。男が次の別嬪《べっぴん》を探しに行くように、次から次へ新しいことをし、次から次へ働いて居なければ気がすまないのだ。忠平はやっと、賛成した。

翌日から孝平は、東京へ持ち込む一枚看板を考えた。東京人のど胆《ぎも》をぬくような、うまい昆布を作りたかった。昆布を好む習慣とか、伝統とかそんなものどうでもよかった。東京は裏長屋のおかみさんでも、今日の海苔は美味《おい》しい、まずいと海苔の出来、不出来を味わい分けるところだ。文句なしうまいものにさえ作れば、海苔を味わい分ける感覚で昆布の味を解って貰えると考え、孝平は一応、算盤《そろばん》を横へ寄せて、最上級のものを作りにかかった。

品種は塩昆布と定めた。食通、お茶人の多い東京には、風雅な味を持ち、お茶うけにもきく塩昆布が好まれそうだった。原草昆布には北海道尾札部《おさつべ》産の元揃《もとぞろ》え昆布を選んだ。塩昆布というと、加工されてしまうからいい加減な原草昆布で間に合わされがちだったが、孝平は最上級のものを選んだ。この原草昆布を普通よりやや大きい目の一寸角に切り、醬油《しょうゆ》を沸騰《ふっとう》させた釜《かま》の中へ漬《つ》ける。燃料は上質のオガ屑《くず》にし、とろ火で十時間ほど煮つめる。醬油と昆布との比率のあんばいと、とろ火でひっかき廻しながら根気よく煮つめる火加減が、大切なコツだった。釜全体にオガ屑のやんわりした火が満遍《まんべん》なくまわっていなければいけない。

孝平は、職人任せにできず一日中、塩昆布の煮炊《にた》き釜の前にへばりついて、何度も釜の中の火加減を吟味し、ぐつぐつ煮える塩昆布の味見をした。醬油のしみ工合があまかったり、辛すぎて昆布の力《りき》が失《な》くなっていたりして、なかなかうまく上らなかった。六日目に孝平は大きな体を激しく動かして、

「こんなもん東京まで持って行って、大阪の昆布でおます云えるかぁ」

煮炊き上った大釜の塩昆布を、醤油だらけになった職人の足もとへざっとぶちまけた。夜の十時を過ぎていたが、もう一度、職人と一緒になって原草昆布を四角に切り刻んで、釜の中へ浸して煮炊きはじめた。竈《かまど》の火口に顔をさしあて、片手の大きな杓《しゃく》で釜の中をうまい工合にまぜ廻した。オガ屑の火加減をこんもり弱火にして、昆布に火が入らぬように気長に神経を配って煮ているうちに、じんわりした醤油の匂《にお》いがして来た。

「世話をやかせる奴《やつ》や、今度はうまいこといきよるらしい」

孝平は、頭の髪まで醤油くさくなって疲れた体を、固い椅子《いす》にもたせかけた。翌朝、釜をあげてみると、原草昆布の持ち味を壊さず、モチモチとした歯あたりのよいのがやっと出来上った。醤油で煮しめた味も、色あがりもよかった。

「どや、桃太郎さんみたいに黒々としてりっぱな塩昆布や、東京でたんと食べて貰うて、せいぜい髪の毛でも黒うなって貰おかいな」

と云い、二階へ上って来て、おむつを替えている生れたばかりの朝太郎のちんちん、いをいらって、

「お前のおやじさんは、たいした学士商人《あきんど》やぜェ」

冗談をいって悦《よろこ》んだが、算盤をおいてみると、百匁《もんめ》五百円もする塩昆布が出来上

っていた。

「兄さん、あかん、高すぎる」

忠平は算盤を前において、片手でペンを机の上にカチカチとあてた。

「何が高いねん」

「見ず知らずの東京へ出て行くのには、安うてええもんいうことが一番や、第一、今ごろ上等のオガ屑なんかで炊くから高うつくのや、ガスでやったら二時間ほどで上って値段も半分以下ですむやないか」

忠平は、典型的な薄利多売の大阪商法を固執した。

「東京進出に持って行く金看板や、高うても、ど胆ぬくようなうまい昆布持って行くのが当り前や、江戸っ子や、うまかったら百匁二百円や三百円の細かい値開き云わへん」

「何が江戸っ子や、この節、お互いに貧乏しているのや、大阪で一番ええ肉売ってる牛重《うしじゅう》のヘレ肉でも百匁五百円や、塩昆布の五百円はどう考えても高すぎる」

「牛重の肉は肉、浪花屋の昆布は昆布や、なんぼ牛重の肉が五百円、六百円したかて無関係や、すき焼みたいなもん食うて満足する奴と、高尚な塩昆布ちょっとだけ食うて満足する奴とは、ものの値段の考え方が違うねん」

孝平は、醤油色に染まった手の爪《つめ》を嚙《か》みながら、忠平の反対を押し返したが、今度は忠平もなかなか譲らなかった。ことが商品の算盤にかかっている。一度出した商品の品質も立値《たてね》も、そう急に変えられない。そう何時《いつ》も進め進軍の、兄の孝平の行き方にばかり妥協して居られなかった。毎日顔を合わしては、高過ぎる、高うないと双方で譲らず、容易に結論が出なかった。

この頃、大阪では大丸百貨店の東京進出が、大きな街の話題になっていた。

「いよいよやるらしいな、東京駅前でドカンといくのか、やるからにはでっかいことやって欲しいもんや、大丸がやるねんやったら、大阪生え抜きの三和銀行も住友銀行も金どんどん貸しよるやろ、わいらもここ暫くは大丸でしかもの買えへん」

と、肩入れした。大丸の売場はこんな大阪人で賑わい、売上も大きく上って行った。孝平は、東京へ出て行く大丸百貨店の場所や大きさよりも、その商法を注目していた。三越、松坂屋、白木屋などの基礎のしっかりした大きな百貨店が並立している東京へ、どんな商法で大丸が斬《き》り込んで行くかが、知りたいところである。そんな時、たまたま食料品売場の水川課長から聞いた話が、孝平の心をきめさせた。この話を聞き終るなり、孝平は挨拶もそこそこに飛んで帰った。

「忠平、きまったぜェ、わいの行き方は、いま大丸の東京進出のやり方聞いて来てん、大丸の社長が或《あ》る会合で、東京の財界人の大物、赤沢定雄氏に会うたんや、赤沢氏が一体、東京へ進出する大丸のモットーは——と聞いたから、社長の方ではそりゃあ安くていいものを売る大丸ですよと答えたらしい、そしたら赤沢氏は、東京では高くてもどこにもない品を売る大丸でなくては駄目《だめ》ですよと云いはったそうや、ここや、わいの聞きたかったところは、浪花屋もどこにもないええ昆布なら、高う売ってもかまへんやろ」

立板に水を流すように孝平は、いま水川課長から聞いて来たばかりの話をぶった。孝平に反対していた忠平も、赤沢氏の平凡な言葉の中に、鋭い商売のカンが走っていることを感じた。しかも、忠平の学生時代から畏敬《いけい》していた赤沢氏の説だけに、大きく左右された。百匁五百円の最上級の塩昆布は『磯菊《いそぎく》』と名付けて、東京へ進出する浪花屋の一枚看板にした。

七

孝平は『磯菊』と浪花屋の暖簾を掲げて上京した。店員は一番古い岡本だけを連れ、あとは東京で三人雇い入れることにした。

東横百貨店の東寄りの一画、六坪ほどの売場が孝平の、東京における最初の拠点である。染め上ったばかりの真新しい浪花屋の暖簾が清々《すがすが》しかった。孝平は東京での初開店に、緊張していた。『磯菊』を陳列の真ン中に置いて、お客を待った。お客があると、孝平は、岡本や新しい店員たちの手を払いのけるようにして自分で昆布を詰め合わせ、

「大阪の浪花屋でございます、有難《ありがと》うさんでございました、またどうぞご贔屓《ひいき》に」

と、繰り返した。何人、お客があっても同じように自分で応対し、同じ挨拶を繰り返した。お客たちは、慇懃《いんぎん》な商いに眼を見張り、現地雇いした店員たちも、店主の強《きょう》靱《じん》なお店《たな》精神には鼻白むほど驚かされた。

孝平の目算通り、東京進出は当った。戦後、関西人の東京移転が、増えていたことも大きな原因である。いち早く文士、山手階級の知遇を受けたことも大きかった。『磯菊』は新聞や雑誌の食べもの随筆に紹介されて、評判をとった。しかも、たまたま盛り上っていた食べもの雑誌ブームが孝平に利した。食い道楽でない人も、ちょっと手に取った食べもの雑誌を見る、食通の有名人が凝った文章で『磯菊』を礼讃《らいさん》している、こんなに云《い》うからにはと買ってみる。こうなると『磯菊』の嗜好者《しこうしゃ》は倍加するように増え、注文が殺到した。殺到しても、手間のこんだ手製であるから、一日三貫目ほどしか出来ない。稀少《きしょう》価値からさらに、これでなければと云う人が増えて来た。

初めて商いする東京であるから、最初、暫くは赤字を出さない程度でもよかった。気長く粘りぬくつもりであったのが、緒戦から拾えた。開店の日から三カ月間、ぎっしり詰めていた孝平は、頰骨《ほおぼね》がたつほどやつれて来たが、日々の売上は大阪店の売上高を上廻《うわまわ》った。孝平は、改めて東京と大阪の消費人口の桁《けた》違いを直視した。

孝平は大阪行きの列車に乗るなり、ぐったりとしてしまった。横の席が空いているのを幸いに、体を横にした。帰還して来てから初めての二等車であった。ウイーク・デイの『つばめ』であるせいか、車内は案外空《す》いていた。孝平は肘《ひじ》かけに頭をもたせかけて、眼をつむった。あとはもう、眠っているだけで大阪へつくと、心を休めてみたが、疲れきっているのに眠れそうもない。この三カ月間の張り詰めて気負った神経は急に断ち切れず、無理に神経を休めようとすると、かえって昭和二十一年の夏に還《かえ》って来てからの苦労がまざまざと思い出された。馬車馬のような六年間であった。昆布を背負って神戸通い、荷受組合、日本橋《にっぽんばし》へ開店、続いて加工場、大都《だいと》百貨店の大阪老舗《しにせ》街、東京進出——、そこに孝平は疲れ果てた自分の顔を見た。三十五歳の自分の顔が、何時《いつ》も四つ、五つ多く四十ぐらいに見られた。大柄で体はがっちりしていたが、広い額に年寄りじみた褐色の皺《しわ》が入りかけていた。母のお千代に似たまるい大きな眼は、何時も疲労で赤く充血して濁っている。ちょっと息をついたり、後へひいたらそのまま倒れてしまいそうな、爪先だったぎりぎりのところで働いていたのだ。好きな酒も学生時代の友達と楽しんで飲む余裕がなく、独りおでん屋の腰かけ酒で過している。商売の付合いも、料理屋や待合へ上って飲むほどの商いにはなっておらず、ほんとうに働き詰めの六年間だった。今度の東京進出で、やっと商いの余裕が出来た——。孝平は、ほっと大きな息をついて列車の外を見た。何時のまにか、静岡を過ぎかけている。晩秋の澄みきった空の下に、緑色の山襞《やまひだ》が鮮明であった。山襞がこんなにまるく柔らかであるとは、孝平ははじめて見るような気持がした。強い陽《ひ》ざしを受けて染めつくような緑の山襞の陰に、ところどころに黄土色の地肌《じはだ》がはみ出ていた。今度は体の向きをかえて、足を大の字に広げて背中をうんとうしろにもたせかけて腰をかけた。三カ月間の寒々とした宿屋住いの時でも思い出さなかった家族のことが、急に思い出された。生後五カ月目の朝太郎、三つの三千子の小さな温かさが、孝平の体にじかに来るようだった。六十五歳の母のお千代や、乃ぶ子の甲斐甲斐《かいがい》しさ、忠平の律義さなどが、どうしたものか一度に胸に来た。浜松を過ぎる辺りで上りの急行とすれ違った。すぐ眼の前を、車体の側面に記されたⅡとⅢの数字がパッと飛ぶようにすりぬけて行った。フフ、うちの店もやっと三等から二等へきり替った、あとはもう一踏んばりしてもとの立売堀《いたちぼり》へ本店を開店することやと、孝平は汽車へ乗ってからはじめて明るく笑った。が、すぐまた、調子に乗ったらあきまへんというしぶい忠平の顔を思い出し、笑いを打ち消した。こう調子をひきしめて帰ったのに、孝平は大阪駅からタクシーで家へ帰り着いて、

「兄さん、御苦労はんで、結構でしたなあ」

優しく忠平から、労《いたわ》られると、

「ほんまによかった、えらい儲けさして貰《もろ》うた、明日からみな朝起きたら、東京の方へ向いて遥拝《ようはい》しいや」

と云った。冗談かと思っていると、孝平は翌日、朝起きて顔を洗うなり、東京店の方を向いて、皆に丁寧に遥拝させた。

大丸百貨店の東京開店は、昭和二十九年十月と定《きま》った。出入《でいり》商人たちは、俄《にわ》かに色めきだって東京店へ割り込むことを狂奔した。

ツテからツテを求めて粘りぬく者、財布の重さの続く限り一席を設け続ける者、みながが東京店へ品物を入れて商売をしたがった。東京へいきなり自分の力で、自分の店を一軒もつことはとても出来なかった。まず大資本にぶらさがって東京へ行き着き、そこで商いの方法と見通しをつけ、やがては東京の目抜き場所に店を出すというのが、

多くの出入商人の緻密《ちみつ》で遠大な計画であった。大丸はこれまでの行きがかりもツテも振り捨てて、れっきとした大阪の老舗ばかりを選り抜《え》いた。

選り抜かれた老舗の人たちは、まるで東京商人に果状《はたしじょう》でもつきつけるような意気込みで商品を製造した。急な発注を受けて四日も徹夜して、開店日ぎりぎりに飛行機で送って間に合わせた店もあった。注文を送り出したその日の、出入商人の懇親会で、有名な駒江味噌《こまえみそ》の五十を過ぎた店主がいきなり立ち上って、

「まるで、錦《にしき》の御旗《みはた》について行く東征軍みたいやないか、わいら一人、一人の力ででも絶対、大丸さんに成功して貰わんといかんのや」

と力んだ。見る人が見れば、馬鹿げて可笑《おか》しいかも解らなかった。しかし、孝平は、芸術家に芸術馬鹿というのがある、職人に職人馬鹿というのがある、いうてみたら大阪商人は、大きな商人馬鹿だと思った。この馬鹿さ加減がとてつもないことを考え、とてつもないことをしでかし、それで結構間違いのないしめくくりをつけて行く原動力だと思った。孝平は、大丸の東京店にも『磯菊』を出して、東京駅を乗降する人々の間でも顧客を広めて行った。

この頃から、孝平は東京で、大阪ではやらなかった花柳界での付合いが派手になり、新橋や柳橋で商売上の宴席を張ることが多くなった。その時は、きまって『磯菊』を

ぶらさげ、招待した取引先より三十分早く席へ行き、

「さあ、これ大阪の手土産や」

女将《おかみ》や芸者に包みをばらまいた。孝平は、顔見知りのない土地で商売する時は、花柳界の人気を計算に入れることがまず大事だと考えた。花柳界でちょっと派手な宴会をする、もちろん取引先との話し合いはうまく行く。しかし、それからあとも大きな収穫である。店の人気が出る、手土産に渡した商品は女将や芸者の口から口へと口伝《くちづて》で生きた宣伝になり、しかも宴席に集まって来る客は、相当な人ばかりである。これでなかったらいかんと、孝平は金が出来だすと、

「よう、こない使えますなあ」

と、店の計理士が頭をひねるほど思いきって使った。料理屋や待合の伝票《つけ》が廻って来る度に、忠平は苦い顔をして金庫の蓋《ふた》を押えて、文句を云った。

「せっかく苦労して儲けた金を、なんでこないやすやす使いはりまんねん」

「やすやすやない、ちゃんと計算して使うてるねん、わいは十使うて、十五取り戻してるのや」

「そんなら、なんで五使うて、十取り戻しはれへんねん」

忠平は気色ばんで怒った。

「小さいことといいな、十使うて十五取ったのと、五使うて十取り戻したのと同じ五に違いないけど、中身と広がりが違う、お前の取った五は、五にしかなってへんけど、わいの取った五は、将来、八にも十にも延びる五や、この計算の読みとれへんものは、大きな商人にはなられへん」

孝平は、こう云い切って相変らず上京すれば、馴染《なじ》みの料亭や待合へ席をかけた。新橋で設けた宴席で、取引先との話が思いがけなくはずみ、そのまま箱根の宮ノ下まで足を延ばした。したたか酔った頭を手拭《てぬぐい》で冷やしながら、湯から上って来ると、

「浪花屋さんでいらっしゃいますか、お宅の『磯菊』は何時も重宝にさせて戴《いただ》いています」

女将が丁寧な挨拶をした。孝平は、思わず客であることも忘れて、坐り直して、

「毎度おおきに、ご贔屓《ひいき》有難うさんでございます」

手をつき、心の中で、これがわいのねろうていた花柳界の宣伝力や、芸者がお客と遊びに来た時でも披露《ひろう》してくれたのやろと心の中で手を打った。

好調に恵まれ、自信がつきかけていた孝平に、さらに機勢《はずみ》がつくような大きな仕事が廻ってきた。

六月の初めに歌舞伎《かぶき》座、大阪劇場、それに映画館、飲食店、大キャバレーなどに囲

まれた南の繁華街の中心に、地上四階、地下一階の豪華な摂津会館が建てられた。この地上四階は映画、ストリップ、ミュージカル劇場にし、地下を大阪の老舗街にしたいというのである。人のよく集まるところへ、老舗が、きれいな店を出すという三拍子さえ揃《そろ》っておれば、必ず当るというこれまでの経験と信条を持っていた孝平は、早速、これに参加した。

場所柄、何でも派手に行こうと、手すりの両側面が透明プラスティックになったヌード・エスカレーターをつけた。これで地下の老舗街へ客足を誘致する算段だった。開店日には松竹少女歌劇のスターや、千日前の劇場関係の役者をずらりと呼んで、景気付けた。孝平も、薄地の濃紺ダブルを着込んで、赤い大きな造花を胸に飾り、小肥《こぶと》りになって来た上背を受付で聳《そび》やかしていた。知人が現われると得意そうに、冗談口の一つもきいて大声で挨拶し、腹の中では、また儲けたるぜェと、取らぬ狸《たぬき》の皮算用をしていた。

開店早々から、招待券、景品券を持った客がわっと押しかけた。すぐ前を通る電車やバスの窓からも首を出して、評判の摂津会館を見上げたが、この人気は長く続かなかった。三月も経《た》つと、お上りさんや子供が、ヌード・エスカレーターを昇ったり降りたりするだけで、肝腎《かんじん》の購買客はつかなかった。はやるのは、片隅の弥栄《いやさか》食堂部だけで、ここは何時《いつ》も満員だった。歓楽街の丼一丁《どんぶりいっちょう》、カレー一丁などと喚《わめ》く安手で不潔な食堂へ入るより、同じ値段ならエスカレーターがついていて、冷房のきくビルディングの食堂へ入った方が得だという一般の勘定である。百五十円の映画を見、百円のカレーライスを食べて帰る大衆娯楽族の多い繁華街で、品の良い老舗街は無理だった。確かに大阪随一の繁華街で、最も人がよく集まるところへ、老舗がきれいな店を出したのには違いないが、失敗だった。

よく売れるはずの孝平の店でも、一日にとろろ昆布が三百匁《もんめ》しか売れない日もあった。それも、入ったばかりの女店員が本店への入金に気兼ねして、こっそり自分自身が買って入金したということが、あとで解《わか》った。

「阿呆《あほ》なことしな、それが女の浅知恵いうもんや、売れへんのはわいの算段が悪かったからや」

孝平は、若い女店員を叱りつけた。売上と高い家賃を差引して、一カ月、約八万円の蹴込《けこ》みだった。これは痛いと思ったが、孝平は簡単に弱音は吐かなかった。最初に率先して参加し、老舗街の役員をしていたからでもあった。

一年も経つと、たちまち大きな赤字が出た。このままでは老舗街を全面的に閉鎖するより仕方がなかった。

「ああ、しんど、ちょっとの間に百万円損した、もう止めたいわ」

弱音を吐く者も、少なくなかった。孝平は、商売は儲かる時もあるかわり損をすることもあるのが当り前や、一年で百万円ぐらいの損で引っ込めたら老舗の恥やと考えた。あわただしく招集された緊急役員会で、

「いま百万円損したばっかりですけど、ここでもう一杯(百万円)ずつ出して、たて直そうやおまへんか、一たん、仰々しゅう出した老舗街を一年ほどでひっこめるのはみっともない」

と云い、これだけの老舗が集まっていて、たて直しがきかんはずがないことを力説した。二時間ほど揉《も》めぬいたあげく、結局は二十軒の老舗が一杯ずつ出資することで話がついた。

それでも、一向、好転しなかった。夕方、自分の店の売上を見に来る店主たちの顔は、苦《にが》りきっていた。気の小さいのは、店番の店員にあたり散らし、孝平の顔をみると憎々しげにそっぽを向いた。孝平は、客足が少ない広々とした売場を見渡して、ようこんない新築の空家みたいに空《す》きよる、こら、何とかせなあかんと腹を決めていた。

こんな時に、ひょっこり学生時代、ラグビー仲間であった西島基治が訪ねて来た。

ないか」

「おい、孝平、お前、一体どないしてるのや、一向、われわれの間へ姿をみせへんや

西島は中背ではあるが、ラグビーで鍛えた体にきっちりした背広を着込んで、五大メーカーの一つである△△紡の社章を左衿《ひだりえり》につけている。

「うん、商売に追われて、なかなかお前らと付合いもでけへんねん、まあ久しぶりや、ちょっとそこの食堂でビールでも飲みながら話しょうか」

孝平の店の売場に近い、弥栄食堂へ入って、向い合うと、西島は、

「お前は、このごろ金儲けのこと以外は何も考えへんという評判やぞォ、それやったら一介の昆布屋のおっさんやないか、商大出のインテリ商人がどうしてるのや」

いきなり、スポーツをやっていた学生時代と変らない語調で、こう云った。

「ふうん、インテリ商人か、インテリて何や」

「そう、開き直って聞かれると困るが……、まあ云うてみたら、現実生活、人生に対する一種のてれくささ、脆弱《ひよわ》さかな」

「ああ、それやったら、わいはインテリやない、そんなもの、とうの昔に無いようになってしもうた、商売人が人生に対するてれくささや脆弱さ持ってたら、一ぺんにくたばってしまうわ、自分なりに独眼流ででも、やって、やって、やりまくらんとあか

んのや」

「それやったら、そこらの丁稚上りと一緒やないか」

「そうや、大学を出てても丁稚になりきれるところが、大阪商人の面白《おもろ》さやないか、経済や商科を出ても、暖簾の前へ立ったり、厚司《あつし》着たり、前垂れかけたら、大学出やというより先に商人のど根性が先へどかんと来る、大阪の街いうものは、何かそんなものを造りあげてしまう奇怪な力持ってるなあ」

孝平と、西島は二本目のビールをあけていた。

「そりゃあ、お前は、勝手に理想的な大阪商人を創《つく》りあげて、酩酊《めいてい》しているのと違うか、お前には教養いうものが――」

「教養か、教養も要るのやったらちゃんとあるぜェ、同じ丁稚精神でも、無学な丁稚精神と、お前のいうインテリ商人の丁稚精神との違いははっきりあるのや、今わいの周囲の相手は、殆ど丁稚や番頭から叩きあげた奴らが多い、こいつらは金のためなら死んでも眼をつむれへん、転んでも馬糞《うまくそ》握って起ち上るぐらいえげつない根性で商売しとおる、舌の根も乾かんうちに、白を黒という騙《だま》し打ちをかける奴もおる、しかし、わいはどんな辛《つろ》うても卑劣な騙し打ちの儲け方はようせん、合理的な計画と緻密な判断の上にたって、あとの頑張りだけは原始的な丁稚精神でやる、これが強《し》いていうたら大学出の丁稚精神や」

　孝平は、たて続けにビールを飲みながら、喋《しゃべ》りまくっているうちに、これかて叩き上げのえげつない奴が聞いたら、ふん、脆弱うてと、鼻の先であしらわれるやろと思い、可笑《おか》しくなった。

「おい、西島、お互いにインテリのイの尻尾《しっぽ》でもついてる奴は、要するにあかんのや、妙なお題目つけたがってあかん、さあ、今晩はうんと飲んだろな、まずわいの知ってるとこ行こ」

　はじめは、孝平の案内で法善寺横丁のおでん屋へ出かけた。

「孝平はおでん屋趣味か、どのくらいの量になってるのや」

「まあ、独りで四、五本というとこか、商売の忙しい時、ここで一人で飲んで、最終の西部劇観《み》に行くのがちょっとした楽しみや」

「西部劇か、あんなもの面白いか」

「ええなあ、あれはえらい頭の体操や、疲れた時見たら一ぺんに頭すうっとするわ、日本のチャンバラではすうっとの来《き》方《かた》が足らんなあ」

「ふうん、本ぐらいは読むのんか」

「もう、そんな話やめて、きょうは飲むだけや」

銚子《ちょうし》の四、五本をあけてしまうと、もう西島は腰をあげていた。

「今度はおれの顔のとこやから、北やぜ」

タクシーに乗り、梅田新道の交叉点を渡ってお初天神の裏側へ出た。女の子が五人ほどいる小さなバーだった。ハイボールをダブルで二杯ずつ飲みほすと、孝平は、

「おい、タックルのうまいとこ見せたろか」

というなり、風船玉のようにぽちゃっとふくれ上った十八、九の女の子の腰へ、手をかけて横倒しにした。

「キャッ！」

「ええ、声やなあ、一声なんぼや」

ソファの上へ横倒しになった女の子の腰を抱きながら、孝平はポケットから五百円札を出して握らせた。西島は手を叩いて笑い、孝平は久しぶりに学生時代にかえったように浮き浮きした。次は二、三丁先の原節子によく似たマダムのいるバーへ行った。美人のマダムの顔を楽しんだあたりからが、あまりはっきりしなかったが、気がつくと一たん北まで出たのに、もう一度南までひっ返して新町の待合へ上っていた。売れ残りの婆《ばば》あ芸者を相手に朦朧《もうろう》と飲みつづけ、西島はすっかり酔いつぶれてしまっていた。

「なんや、口ほども無う弱い奴や、こんなん引っぱって帰られへんから、今日はここでチョンや、わいにはもう一本寝酒くれや」

孝平は、そのまま、待合に泊ってしまった。

摂津会館の老舗街の第一回緊急役員会で出資した一軒百万円の遣水《やりみず》も、半年目で動きがつかなくなった。今度は圧倒的に閉鎖の声が強かった。関西の袋物屋として有名な安田小間物店の店主は、会議の前に先手を打って、

「浪花屋はん、今度はなんぼあんたがうまいこと云うてもあきまへん、あんたはまだ四十前や、わいらは五十、六十や、あと十年か、十五年働けたらええとこや、せっかく今まで築いた財産で、無茶な冒険はでけへん、身代《しんだい》減らしてしもたら、死んでも、大きな仏壇に祀《まつ》って貰うて、御先祖様々いうて拝んでくれへんやないか」

と、きめつけて来た。齢《とし》か、ふうん齢には勝たれへん、今度は簡単にもう一杯などとは云われへんなあと、孝平は観念した。

「宜《よろ》しおます、その代り、どないして事態を収拾するかは、わいと末広、清水、大谷の三人に、一両日任せておくなはれ」

孝平は特に自分と同じように、三十五、六から四十そこそこまでの若手の店主を選んだ。末広は瀬戸物町《せともんちょう》の陶器屋、大谷は八幡筋《はちまんすじ》の道具屋、清水は佐野屋橋の呉服屋で、

揃って老舗の二代目であった。年寄りたちは、事態収拾によほど手を焼いていたのか、これは案外、簡単に諒承《りょうしょう》された。

翌日から、孝平は末広、清水、大谷の三人と話し合っては、飛び廻った。四人ともタクシー代で、財布が一日で空っぽになった。中元大売出しの大切なかき入れ時で、忠平が本店から方々の出店へ何度電話をかけても、孝平はつかまらなかった。腹をたてて、忠平が、

「また、けったいな病気にかかりよったなあ」

と、受話器をぶち投げるほど、孝平は飛び廻っていた。

孝平たちは、真っ先に三和銀行へ融資を頼み込んだが、言葉丁寧に断わられた。銀行側では摂津会館の老舗街の実態をよく知っていたのである。あれだけの利にさとい商人たちが集まって、見込みのない商いを続けているあきらめの悪さを見ているようだった。住友銀行、協和銀行と廻ってみたが、どこも結果は同じだった。金融引締にかかっている時に、老舗の意地だけで押し進めているような話には乗って来なかった。

孝平は、あんたらの考えていることは解ってる、そやけど実利派の大阪商人でも、算盤だけで動かれへん時がある、みすみす無理や損やということ解ってても、やりぬかんならん時があると、いらだった。

陶器屋の末広も、道具屋の大谷も、

「孝平はん、なんぼ頑張っても、もうあかんわ、やっぱりこの辺で引っこめよか」

みんな体を汗くさくして、疲れ切っていた。一週間ほどの間、心あたりのところは全部頼みに廻ってみたが、

「あれだけの場所に、あないりっぱな老舗が束になって一年半かかっても、あかんもんはやりようがおまへん」

こう云うのが、きまり切った応対であった。一番粘り強い呉服屋の清水も気が弱って来た。孝平もだんだん自信がなくなって来たが、最後のもう一頑張りというものがあるはずだと思った。

同じ処で、同じ方法でやり直そうという点に難があるのや、大阪随一の娯楽街での商売は、まずその道の人に相談してみることやというのが、孝平の最後に辿《たど》りついた思案であった。

事態の収拾を任されてから、一カ月半目に改めて、緊急会議を孝平ら四人の名で招集した。急に夕方から降り出した雨が激しくなっていたが、二十人ほどの店主は、定刻三十分前からきちんと摂津会館の会議室に揃っていた。最初に末広が起って、

「お叱りを蒙《こうむ》ることと覚悟致しておりますが、もう一回だけ頑張っていただきたいも

んです」

頭を下げた途端、

「阿呆《あほ》！　そんなこと出来るか」

「誰が、お前らみたいな若造に任してん、引っ込んどれ！」

「大阪の老舗すりつぶす気か！」

興奮した罵声《ばせい》が乱れ飛び、うしろの方の席でわっと立ち上る気配がした。孝平は、素早く起ち上って押し返した。

「騒いだら儲かる話も儲かりまへん、今度は間違いなく儲かる話をしますねん、そのうまい話を持って来たのが、いまわいの横に坐《すわ》ってはる八島興業の荒巻社長です」

「それがどうしてん！」

「ねちねちせんと早よ云え」

四方からからんで来る声におっかぶせるように、孝平は大声を張りあげた。

「荒巻社長は、いま流行している五十円の古い名画とニュースの抱き合わせ興行を考え出した創始者です、今もよう儲かってるそうです、ところがおかしなことには、道頓堀や北のターミナルの方には、この種の劇場《こや》が多いのに、この辺の繁華街には少ないのんです、それで前々から南の劇場《こや》を望んではっただけに、早速、この老舗街のあとを借りたるという話ですねん」

みなが一斉に、八島興業の荒巻社長の方を見た。クリーム色の夏ものダブルを着込んだ五十二、三の男である。背はあまり高そうではなかったが、肩から足まで衝立《ついたて》のように四角で、頑丈な体軀《たいく》だった。太い首の上に肉付きのよい顎《あご》の張った顔が乗り、細い目が鋭かった。うしろの方から腰をあげて荒巻の方をみる者もあった。孝平は言葉を継いだ。

「それで、みなでもう五十万円ずつ出して一千万円の資本を作り、中を改装して名画劇場にし、八島興業はこれを賃借りして、その上一定の利潤以上は、歩合制にしようという話合いです」

荒巻社長はたち上って口を切った。

「まあ、私の商談を聞いて貰いたい、ここにとっておきの、八島式商法というのがある、当劇場の入場料は、これまでの五十円にせんと、五十五円にしたいと思うとります、この五円高い五円分は、税務署に持って行かれる税金だす、南まで映画を観《み》に来るお客さんにとっては、百円以下の金五十円也《なり》と、五十五円也の五円の差はたいして気になりまへん、五円ぐらいと思《おも》て、五十円並に気やすう入りはります、ところが入場料を取る方にとっては、税金分の五円玉は大きい、その上、このニュース、名画劇場のミソは、プリント代が、素人《しろうと》が聞いたら阿呆らしいぐらい安おますねん、そら、もう、一回ご用ずみの古いものですからな、まだその上、わてのこれまでの業界での顔でただみたいな値でプリントを入れる、そうすると、場所のええ娯楽街でお客さえ入って貰うたら、楽に儲けられるという工合です、こんなやり方で、みなさんに喜んでもらえる思うてますけど、どうだす」

うしろの方までずっと見渡して、少々のことではぶっ壊れそうもない体軀が自信に満ちている。弱り目になっていた人達には、頼もしげに見えた。具体的で、人の心を射る説明もみなの気に入った。話を聞いているうちに、どうせここまで来たのやから、もう一頑張りだけして、資本《もと》を取り返そうと気が強くなって来た。強く反対していた人たちも化かされたように簡単に納得した。

孝平も、末広、大谷、清水もほっとした。その晩、荒巻社長を南の料理屋で接待したあと、二次会には行かず孝平は疲れ切って家へ帰り、ここ一カ月半ほど苦りきっている忠平に、今日の顚末《てんまつ》を話した。

「うまい工合に、今度みたいに映画劇場に転向できたからええけど、何時もこないうまいこと運拾えるもんやない、失敗いうもんは、ものごとが順調に行ってる時ほど起るもんやから、兄さんもこれからもっと用心深うなってや」

忠平から説教めいたことを云われたが、今度ばかりは孝平も身にこたえていたから、黙って蒲団《ふとん》をかぶって寝てしまった。

八

終戦後、十年目の春を迎えた。孝平は、焼跡に、父の代のままの浪花屋を復興しようとしていた。リックサック一つを背負って帰還してから九年間、体を磨《す》り削るように働き徹《とお》して来て、やっとそれだけの資力が蓄えられたのだった。

しかし、立売堀《いたちぼり》の浪花屋のあった辺りは、すっかり昔と趣を変えていた。以前は、軒並に老舗《しにせ》がたち並び、自転車やオートバイがあわただしく往来する商いの街であった。今は、各会社の出張所や事務所がたち並ぶ整然とした街通りではあったが、商いで活気だつ雰囲気ではなかった。時世の流れが、明確に街の内容を変えてしまっている。浪花屋の焼跡も、何時《いつ》のまにか右隣の大阪帆布販売株式会社と、左隣の西日本パルプ株式会社大阪出張所の間に挟《はさ》まれていた。どこから運び捨てられたのか、土砂が蔵の壁土や、雑草の上に小山をなしていた。

孝平が、立売堀へもとの浪花屋を復興することに決めると、親類と心ある業者から反対の意見が出た。

「なんぼ、死んだおやじさんの吾平はんが商いをはじめた処《ところ》やいうたかて、時世が変ったのや、あんなひっそりしたとこへ店建てたかて、小売りがきけへん、せっかくこまで苦労して儲《もう》けた金や、今のこの調子に乗って繁華街へ投資して、早いとこ資本《もと》を取り戻すことや、焼跡の復興は、それからでもええやないか」

と、勧めた。それは、孝平にもよく解っていた。苦労して作った金である。同じ、四、五百万円の金なら、繁華街へぶち込んで行きたかった。しかし、もとの本店を復興せずに置いて、繁華街やターミナルの儲かるとこへだけ店を広げて行くのは、孝平流にいえば変則的な発展だと思った。儲ける方は、今まで本店の復興を九年もさしおいて、儲けて来た。この辺でどうしても立売堀を復興させなければ、孝平の気がすまなかった。しかも、父の時代からの顧客も、次第にもとの経済力を復活し、昔のような老舗の構えを望んでいた。顧客の暖簾に対する懐古は、意外に強かった。孝平は、資本回収を離れて、商いの本丸築城の意味で、反対があってもやらねばならないと決心した。この孝平の決心には、

「わいは還って来るのが遅かったから、兄さんの手助けを十分にできんかったのに、ようここまでやりぬきはったと思てます、わいやったらここまでようやらんかも解れへん、死に目にあわれへんかったわいや、お父はんに喜んで貰えるようなことした

い」

めったに涙脆《もろ》さをみせたことのない忠平も、こう云って声をうるませた。

立売堀の浪花屋は復興した。昭和三十年の三月十三日だった。

三月中旬の空は、頼りないほど青く透けていた。外囲《そとがこ》いをはずしたばかりの、正面の紅殻《べんがら》塗りの表格子《おもてごうし》が、白い春の陽《ひ》ざしの中で、指先に染めつくような渋い紅色をみせていた。二階の窓も紅殻塗りの小格子に掩《おお》われ、黒々とした雄渾《ゆうこん》な屋根の上には、雅趣をもった船板《ふないた》の古木《こぼく》に『浪花屋』と記した大看板がどっしり据《す》えつけられている。

五間間口の軒先には、父の吾平から遺《のこ》された古い浪花屋の紺暖簾が、間口一杯にぴーんと張られている。奥行の深い店の中から、大きく浪花屋の屋号を書き入れた昆布の通櫃《かよいびつ》が見え、古式な黒塗りの陳列台が鉤《かぎ》の手に廻っている。売りものの『磯菊』をはじめ、おぼろ昆布、とろろ昆布、塩昆布などが、さび朱の塗りの器に載せて陳列されている。深い海の潮を吸ったままのような艶々《つやつや》しい上質の昆布であった。開店披露《ひろう》の日のために、孝平自身が、原草昆布を削り、煮た商品であった。

孝平は、朝早くからモーニングを着込んでいた。乃ぶ子との結婚式後、はじめてのモーニングの着用で晴々しかった。忠平も今日のために新調したモーニングを着ている。孝平は、何度も店先にたって店内をのぞき込んでは、昆布の陳列の仕方を変えた。

朝から四回も変えている。店も何度も掃かせ、しまいに自分で箒《ほうき》をとって床を掃き、打水をうった。じいっとしていると、妙に気が焦《あせ》っていらいらする。何をしてみても、今さら要らぬことばかりであるのに、いきなり女中や店員に早口で三つぐらい一時《ひととき》に用事を云いつけ、問い返されると、無駄であることに気がついて、

「慌《あわ》て者、お前らがわけ解らんと慌てるからわいまで慌てるのや」

こう怒鳴りつけ、ああ暑う！　とモーニングの上衣《うわぎ》の衣紋《えもん》をぬいて、バタバタ煽《あお》いだ。忠平は見ていて可笑《おか》しかったが、気の強い兄の、やや充血して上ずった眼に気がつくと、急に自分まで落ちつかなくなって来た。母と乃ぶ子は、七歳になった三千子と、五歳の朝太郎を女中の文江に預け、

「今日は、子供が泣いたり、走ったりして粗相の起らんように頼みまっせェ」

と、何度も念を押した。

十時ごろから、招待した顧客や取引関係の人たちで、浪花屋の店先はざわめき始めた。孝平はモーニングの威儀を正して、開店披露の受付の前にたった。孝平から半歩ほど下って、弟の忠平がたち、続いて紋付姿の母のお千代と乃ぶ子が腰を低うして控えていた。店員達も、今日に限って昔通りの木綿の厚司《あつし》に前垂掛けで、いそいそと接待に勤めている。東京店からも、番頭役の岡本をはじめ、若い店員たち少数が、夜行

で駆けつけて来た。取引先や知人から、店先に並べきれないほどの祝い物が運び込まれた。
招待客が見える度に、孝平は、深く腰を落して鄭重《ていちょう》な礼をして、店内を案内し、奥
の『磯菊』の加工場へも案内した。醤油溜《しょうゆだま》りの匂いがたちこめる中で、孝平はモーニ
ングの腕をまくりあげ、
「これが、当店自慢の『磯菊』の産屋《うぶや》でございます、ごらんのように、いったん、釜
で煮ました塩昆布を炭火の上の網に一枚一枚手でのせて乾かし、もう一度煮ます、そ
れからまた乾かして煮る、これを何回も繰り返して煮つめますので、容器にさえ入れ
ておいて戴けば一年は腐りません塩昆布ができるというあんばいです」
孝平自身が、一々手に取って製造工程を説明して見せ、この日のために白の頭巾《ずきん》、
マスク、上っ張り、履物まで白の上草履《うわぞうり》を整えた職人たちの出る幕がないほどであっ
た。しかし、金看板の商品であったから、肝腎の製法のコツをはずして喋るだけの抜
け目のなさは、ちゃんと心得ていた。
招待客たちは、念の入った案内の仕方に喜び、茶室風にしつらえた待合所《まちあいどころ》で昆布茶
を飲んで一服した。
「ほう、えらい凝りはりましたな、こんな茶室風な待合所までつくって、どないしは

りますねん」

「別に急ぐ用のないお客さんには、お茶を飲んで、奥から流れて来る塩昆布の醬油の溜りの匂いでも嗅《か》いで貰いながら、買いものしていただこう思てますねん」

四畳半ほどの待合所は、正面の吊床《つりどこ》に慈雲《じうん》の書をかけ、唐三彩の香炉に香を焚《た》いていた。畳敷きの床椅子《ゆかいす》には、結城絣《ゆうきがすり》の小座蒲団が品よく並べられている。客たちは満足した。やっと昔の格式と、落着きで買いものが出来るのだった。

取引関係の問屋、百貨店の幹部たちは、店先で車を降りるなり、浪花屋の高い軒と屋根瓦《がわら》を見上げて、

「孝平はん、やったなあ、こらええ」

と、一様に認めた。孝平の恐《こわ》かったのは玄人《くろうと》の眼である。なんや、今ごろ若いくせに、仰山、金使うてこんな古くさいものしかよう造りよれへんと、云われることが恐かった。しかし、まともな古さとスケールをねらった孝平の考え方は、同じ業者たちにも認められたようだった。店の構えだけではなく、四十歳の孝平自身の人生観、商人としての処世観も、まともな古さと大きなスケールを持つということであった。

孝平がはじめて昆布の取引の大きな動きを学び、商いの実態を学んだ近畿《きんき》昆布荷受組合の元組合長、横田喜一郎氏も礼を厚くして招いた。今は隠居のように阪神沿線に

引っ込んでいた横田氏も、夕方近くにやって来た。車を降りて黙って店内を見て廻った。奥の塩昆布の煮《に》炊《た》き場を、仔《し》細《さい》に見た。さいごに待合所に入って小一時間、じいっと端《たん》坐《ざ》していたが、

「孝平君、りっぱにやんなすった、りっぱな商品を、りっぱな店においてはる、しかし、ここまでやれたのも、老舗、暖簾のおかげや、暖簾というもんは有難いもんです」

「有難うさんでございます」

孝平は頭を下げた。確かに暖簾は商人の心の拠《よ》りどころである。武士が、氏、素姓を拠りどころにするように、商人の心構えを決めるところだ。しかし、それがすべてではない。昔のように古い暖簾さえ掲げておれば、安易に手堅く商いできた時代は去った。現代の暖簾の価値は、これを活用する人間の力によるものだ。徐々に、復活して来た顧客の暖簾の懐古に、安易にもたれてしまう者は、そのまま没落してしまう。暖簾の信用と重みによって、人のできない苦労も出来、人の出来ないりっぱなことも出来た人間だけが、暖簾を活《い》かせて行けるのだった。孝平は、単に老舗の暖簾のおかげだと云われるのは、不服であった。

開店後の立売堀の浪花屋は、はじめの親類や同業者たちの予想に反して商いが賑《にぎ》わ

った。戦災後は、殆《ほとん》ど芦屋《あしや》や御影《みかげ》の山手へ住みついてしまった船場の御寮人《ごりようん》はんや嬢《いと》はんたちが、郊外電車に乗り、一時間余りもかかって市内の立売堀まで足を運んだ。

「うち、本町《ほんまち》の木綿屋の丸岡ですねん、覚えてはりまっしゃろか」

生え際にうっすら霜をおいた御寮人はんが、長い髪をリボンで束ねた嬢はんと塩昆布を買いに来た。父の吾平の時代からの顧客である。戦災後は、大阪の木綿問屋を株式会社にして芦屋の別荘を住いにし、ずっと郊外生活になりきってしまった人たちであった。今から歌舞伎座へ行くのだと話している御寮人はんの横から、

「お母はん、酢昆布買うてほしいわ」

嬢はんにこう注文されると、孝平は流行の服着てハイヒールをはいてても、大阪の生《き》っ粋《すい》の娘はチューインガムの代りに酢昆布をしがんでくれはると、手放しで喜んだ。自家用車を乗りつけ、ゴルフ道具を待合所にたてかけて昆布茶を味わいながら、あれこれと吟味して大きく買って行く客もあった。何より有難かったのは、東京からの顧客だった。思いがけず、東京で贔屓《ひいき》になっているゴム会社の重役である青山の吉井さんが、突然、訪れた。タクシーから降りるなり、ほうっと店の構えを見上げながら、もの珍しそうに店へ足を入れた。

「今度、大阪に支店をおいたので、君とこの店が見たくてねえ、宿の者に聞いてやっ

て来たんだ」

こう云いながら、なおも仔細に店内を見て廻り、東京への土産を整え、

「いかにも大阪の昆布を買った気がするねえ、ここで買うと」

「へえ、もう、そうおっしゃっていただきますと……」

両手を膝《ひざ》の上におき、孝平は恐縮した。無理をして本店を復活しておいてよかった、いくら東京で浪花屋の『磯菊』の評判をとっていても、肝腎の製造元である本店が、それだけの趣も格式もない店だったら、せっかくの信用も失ったかも知れないと思った。

本店の開店で息つく間もなく、孝平は日本橋《にっぽんばし》二丁目の店を引き払う金と銀行からの借出し金で、立売堀の本店近くに六十坪の家を買った。製造設備が完備した加工工場を建てたかったのである。本店の近くに適当な土地がなかったから、ついこの間まで料亭を開業していた普請《ふしん》の凝った家を買った。

孝平は、本店を建てる時以上の熱心さで工事場に足を運んだ。手の込んだ料亭の庭も、座敷もぶち壊して、昆布の漬《つ》けまえ場、乾燥場、昆布裁断機の据付け、塩昆布の煮炊き場を完備したかった。小島建設の主任は、

「料理屋だけあってええ普請ですな、全部壊すのもったいないみたいですわ、一部屋

ぐらい残しまひょか」

「何いうてるねん、わいの目的はええ工場造ることや、目的に合わんものは、なにも惜しない、全部壊してしもてんか」

と撥《は》ねつけ『磯菊』製造のためには、十坪ほどのタイル張りの煮炊き場を作り、鋼鉄の厚い一斗釜を二つ据えつけた。

特に孝平が金にかまわず、りっぱなものにしたのは原草昆布を保管して置く倉庫だった。昆布は年一回の仕入で、八、九月中に仕入れた昆布は、来年の仕入時まで大事に保管しなければならなかった。原草昆布が悪ければ、いくら苦労して加工しても生きない。それだけに店の構えをりっぱにする以上に、客の目に見えない倉庫に多額の金をかけなければならなかった。昆布が湿気に冒されないように、普通の建築より床をうんと高くし、床下には通風筒を通した。壁には防湿剤を塗った材木を使い、さらに、岡山県へ特注した莚《むしろ》を四方の壁に垂れ下げる。これだけの注意をした上で、さらに原草昆布をもう一度、藁《わら》でくるんで保管しておくのである。これでうまく梅雨を越せたら、急に昆布の味がよくなるので『梅雨《つゆ》守《も》りの出来た昆布』といって重宝がられた。粗末な倉庫に昆布を入れて、せっかくの原草昆布を湿気《しけ》させてしまっては、たちまち四、五千貫の損になり、大騒ぎで、手入れしてみても元通りの味には返りにくかった。

倉庫と工場を建てた孝平は、職人のように毎日通った。自ら手に取って出来なくても、漬けまえから裁《た》ち切り、煮炊きまで一々眼《め》を通して吟味しなければ、気が納まらなかった。渋い上質の背広を着て、指先が昆布塩で白く荒れていたので、外出先で不審がられることもあった。忠平からも、

「もう、ちゃんと軌道に乗ってるし、職人かて兄さんが足繁《しげ》く見に行きはったら気しんどいでっせェ」

「自分のレッテル貼《は》ったもんは、自分が作り、自分が眼を通して売るのが当り前やないか、大体、この頃、自分の店で作らんと、自分の眼も通してないええ加減な商品が多すぎるやないか、わいの名前をつけた品もんは、わいが見る」

表見《おもてみ》や誇大な宣伝などでは顧客は動かされなくなり、他の店が追随《ついずい》出来ないような商品を一刻も早く市場に売り出すことだけが商いの勝負だと、孝平は思った。朝起きると、まず工場へ出かけて商品を納得ゆくまで見てから、店へ商いに出た。

六月を過ぎると、もう三十一年度の昆布の買付期が目前に迫っていた。一年、一回の仕入が勝負だけに、昆布業者は、この期間ばかりは、女を断ってまで、商売に身を

入れた。八、九月の仕入に失敗すれば、一年中寝て暮さねばならなかった。昆布屋には〝冬の陣〟は無かったが、やり直しのきかぬ〝夏の陣〟だけがあった。

孝平も外に出かける日が少なくなり、二階の奥の間に坐りこんでいる日が多くなった。孝平の頭を大きく占めているのは、東京に本社を持つ寒水産業の出方だった。これは資本力にものをいわせて、北海道一円の昆布を、七月中に買い占め、中小企業の問屋や小売店が仕入れ期になって品薄に狂奔しかけると、パッと高く売りつける。そのくせ、昆布を完全に保管する倉庫も施設も持たなかった。産地へ原草昆布を買い占めたまま預けて置き、取引がまとまれば引き取るというやり方をやっているから、暴利を貪《むさぼ》るブローカーに過ぎぬともいえた。この寒水産業が、戦後の経済力の弱った大阪の昆布業者の癌《がん》だった。直接、産地取引できる時でも、必ずこれが一枚加わって利潤を貪り、たまたま大阪の地元で取引する時でも高値の入札をして値をつりあげた。孝平もここ一、二年痛い目にあわされている。昨年の仕入も、寒水産業に買いまくられ、出足の遅れた孝平は、いいなりの値段で買わされた。

今年は負けられないと、孝平は思った。資本金一億の会社を相手にしては、所詮《しょせん》、仕入量、買付価格などで競争は出来そうもないと思ったが、銀行筋から最大限の借り集めをし、腰を据えて入札の日を待った。

靭浜《うつぼ》通りの入札場は、京阪神から集まって来た入札者で早くからざわめいている。開襟《かいきん》シャツの上にカンカン帽を載せて、扇風機の前に陣どっている者、浜側の風通しのいい場所で、単衣《ひとえ》もののそでを肩までまくりあげて、大きな蝙蝠傘《こうもりがさ》を杖《つえ》にしている老体の主人もあった。孝平は白い開襟シャツに、ポーラーのズボンをはいて、背中を汗にして入って来た。寒水産業からは、城口という大阪出張所仕入課長が出ていた。入札場などにはおよそ不似合な夏ものの背広を着た四十前の若手であったが、孝平はそのもの腰から気障《きざ》ないや味を感じた。定刻の十時前になると、正面の立合い台を中心にして、コの字型に机と椅子を並べて着席し、売手の関西一円の昆布卸業・北吉《きたよし》から冷酒が振舞われた。するめとおかきをつまみながら冷酒を、二、三杯たて続けにあけてから入札が始まる。

立合い人が中央の壇の上にあがると、入札者たちに一寸五分四角の白紙の入札用紙が配られる。配り終られたとみると、高座の演題表のような張出しにした紙札をめくって、パッと入札品目を示し、

黒元揃《もとぞろ》え　浜尻岸《しりきし》（走り）　一等
済度《さいど》（支払日）　二十日

大きな声で読み上げる。昆布の品種は黒元揃えで、産出の浜は北海道尻岸で走りの一等もの、買入額の支払いは、二十日先というのである。買入量は一貫目単位の取引であったが、入札価格は百匁単位で入れて行く。一瞬、座がざわめくが、すぐ静かになって手早く入札用紙に、値段と入札者の名前を書いて四つに畳んで、集めに来た赤い盆の中へほり込む。中央の台の上に盆が載せられると、三人の立合い人が素早く開票するが、目読《もくどく》である。誰がいくらで入れたかは解らぬが、一番高値を入札した者の名前だけが最後に読みあげられる。三分、五分、六分……

「寒水産業さん！」

孝平は、ぎくっとした。寒水産業の高値を見越して相当の値をつけたのに、寒水産業に落された。相手の建値《たてね》が解らぬだけに、いくらの差で落されたか見当がつかなかったが、寄りつきからの高値であることには違いがなかった。

「つぎ、続けます」

小《こ》一服《いっぷく》をおかず白紙が配られる、つぎの入札品目は、

長切《ながきり》　浜日高（中採れ）二等

済度　三十日

今度は支払いが三十日も先の上に、どこでも買いやすい二級品だから、人気を呼んで、入札が早い。赤い盆寄せの上にたちまち四つに折った白紙が重なり、開票がはじまる。立合い人の忙しい手もとが止まると、

「寒水産業さん！」

また、寒水産業に落された。孝平は城口の顔をみた。コの字形の机の右端に坐って、銀行の帳簿でもつけるような無表情さであった。三回目、四回目、五回目も、寒水産業は強気の建値をつけ続けている。大半の昆布業者は、とても寒水産業の建値について行けそうもない気配を感じとって、顔色を青くしたまま途中から投げる者も出て来た。四、五日来の猛暑で、入札場は汗いきれが強く、浜側に面した窓から灼《や》けつくような陽が照りつけ、立合い人の声ばかりがカン高く上ずっている。日本全国の人口が五割も増加していながら、樺太《からふと》の消失と北海道水域の減産から昆布の産出高は五割減になっていた。品薄《しなうす》の上に大資本に嚙《か》まれているのである。昔のように威勢よく一人一人の商人の腕で、買い進めて行くような活気のあるやり場はなかった。暗く澱《よど》むような場合《ばあい》の中で、孝平は苦い唾《つば》を飲み込んだ。顔から一時に汗が噴き出した。金だ、

金の力だけしかないのやと、投げてしまいたかった。つぎが今日の入札のヤマ場である六回目の入札であった。城口がちらっと孝平の方を見た。頬《ほお》のあたりに皮肉な笑いを押し込めているようだった。

白元揃え　浜尾札部《おさつべ》（走り）一等

済度　十五日

一等といっても、特別一等の尾札部産の元揃え昆布で、値が高い上に支払期間が割に短かった。投げに出て、数少なくなった入札者の中で、孝平は最後までねばって建値を考えた。赤い盆寄せが眼の前に廻って来てから、孝平は清水《きよみず》の舞台から一気に飛び降りる気で、ぎりぎりの高値をつけた。百八十円と行きたいところを、二百円と入れた。これなら寒水産業より二十円は高いだろうというのが、孝平の読みであった。昆布ブローカーなら、こんな高値の場立《ばだち》はひっこめたいところだが、加工販売店で上質な昆布を商わねばならぬ孝平の立場にしてみれば、この極上等品の一戦だけは負けられなかった。冷酒に氷を入れてもう一杯ぐっと飲み干した。立合い人が目読したまま、頭を下げた。

「浪花屋さん、寒水産業さん同値、さし直し願います」

と叫んだ。孝平の顔から大きな汗が滴《したた》り落ちた。うしろから誰かが扇子で煽《あお》いでくれるのも煩《わずら》わしいぐらい腹立たしかった。いま孝平が入れた値が、今年の昆布の相場で最高値である。これ以上は意地の値幅になって来る。投げたかった。しかし、城口はやる気で平然とかまえている。

「さあ、さし直しをやろうやないか」

孝平は、ひったくるように白紙をとって鉛筆を握ったが、掌《てのひら》までべっとり汗をかいて鉛筆が辷《すべ》り落ちそうだった。同じ意地ならと歯ぎしりを嚙んでいた孝平は、盆が前へ来ると何を思いついたのか、急に含み笑いしながらぴんと三十円はね上げ、二百三十円と入れた。しかし、寒水産業はひるまなかった。さらにそれより十円高い値をつけた。孝平はついて行けなかった、投げた。今年もまた、寒水産業の一手買占めだった。

「浪花屋さん、まあ、悪く思わんでくださいよ」

城口が、いつの間にか孝平のうしろへ廻って来て慇懃《いんぎん》に腰をかがめた。

「いや、こっちの心配は要りまへん、勝負いうもんは、七転び八起きでっさかいな」

孝平は、軽くいなして相手にしなかった。

　この入札があった日から、十九日目に、城口が孝平の店にやって来た。買い占めた昆布を孝平の店へ売込みに来たのだった。せっかく買い占めた昆布であったが、あまりの高値に大阪の問屋も小売業者も二の足を踏んでいた。ふん、若造奴《め》！　大阪の算盤のきついのも知らんと強気で買いくさったからやと、孝平は腹の中でにんまり笑った。孝平が最後の場立で、寒水産業の向うを張って入札した建値は、秘《ひそ》かにこの筋書をねらっていたのだった。

　城口は、何時ものようにきちんとした背広姿で孝平の前へ坐り込んだ。

「どうです、この間のをお宅へ嫁入りさせて貰うと、好都合というとこですが」

「へえ、嫁入りか、つまり売れ残りの娘の嫁入り口でんなあ」

「いや、嫁入り口さえ選ばなかったら、婿《むこ》三人だけど、小口《こぐち》でちょびり、ちょびり買われたんでは手数でねえ、東京進出でうんと儲けているお宅なら、どかんと一しめでお願いできますからねえ」

「そうすると、手数だけの問題やな、商売人は手間を惜しんだらあきまへん、せっせとよそへ小まめに売り込みなはれ、わいは明日《あした》でも飛行機で北海道へ飛ぶ段取りですねん」

　城口は、ふかしていた煙草の手を急に止めた。

「いや、つまり値段の問題なんですよ、どうも大阪の算盤はきつ過ぎて」

「そら、あたりまえや」

無愛想につっぱねた。

「そこで、お宅ならこの値でも買い取って貰える見込みで──」

「そう来《こ》なあかん、こう来るのを待ってたのや、頼りにされた以上は、まず、そっちから色つけて貰おう」

「例のあれ、匁《め》で二四《によん》（百匁につき二百四十円）と入れましたが、二三《にいさん》（二百三十円）でどうです」

「阿呆《あほ》いえ、二〇《にまる》（二百円）にまけとけ」

孝平は、算盤玉をきっかりはじいて示し、相手の思惑にぐっと踏み込んだ。城口は気色ばんだ。

「そりゃあ、きつい、寒水産業が一たん、入札で入れた建値だから、そうやすやすくずせませんよ」

「さよか、ほんならもう一回考えさせて貰いまっさ」

あせらず、孝平は算盤を横へよせて、粘るだけ粘ってみいと素っ気ない顔をして、別の台帳を繰り出した。城口は冷えきった番茶をたて続けに二杯飲み、書類カバンの

中から小さな手帳を出して、パラパラとめくり、しきりに筆算をくり返していたが、

「足元をみられましたなぁ、話し合いでやりましょう、先ほどの匁《め》、二〇《にまる》に何とかもう二つだけつけて貰うて二百と二十円でどうです」

「そら、あかん、迷惑な押しかけ女房や、高うはよう買わん」

はじめ切り出した二〇《にまる》で押しきり、寒水産業が入札した建値より四十円叩いて引き取った。他の業者の手に渡ることもなく、寒水産業に暴利を貪られることもなく、鼻先一つで勝てたのだ。しかし、孝平は、今さらのように中小企業の辛《つら》さを知った。大資本に食うか、食われるかで、一年間の商いが変って来るのである。寝ている間も眼を開いて、背水の陣を布《し》いてかからねばならぬとは、このことだと思った。

寒水産業との取引が終って、孝平は一息ついた。今年はきわどいアナを拾って勝てたのだ。

八月下旬の大阪は、陽が西に落ちてもなかなか涼風がたたなかった。孝平は縁側に食卓を持ち出して、ビールをあおっていた。二段につき出て来たビール腹の上に、汗が玉のようになって流れている。庭先の打水は一時間もすれば乾いてしまい、扇風機が生ぬるい風を送っていた。夏祭りで店の者は、夕方早くから遊びに出てしまってい

る。三千子と朝太郎とも新調《さら》のゆかたを着て、祖母と母親に連れられて氏神祭りに出て行った。孝平は、三本目のビールを女中に云い付けた。台所の方で、今年買ったばかりの電気冷蔵庫を開け閉めする音が聞えた。暑い、やっぱり暑い、孝平は扇風機だけでは気がすまず、団扇《うちわ》を持ち出して煽ぎ出した。テレビのスイッチをひねってみた。関東の財界の大立者である大井清二郎氏と、同じように関西の大立者である原伍郎氏の対談がはじまっていた。最近の数量景気から、今後の景気動向の見通しを語り、東西の財界人の意見を交換している。五十歳で青年のような童顔の大井氏と、広く厚い肩幅を持った精悍《せいかん》な原氏とが、角張らず、ゆったり寛《くつろ》ぎながら語り合っている。何気ない財界人の対談であった。しかし、孝平はじっと見ているうちに、妙なことを感じはじめた。風貌《ふうぼう》ばかりでなく、齢《とし》からいっても原氏より一まわりも下の東京の大井氏が、原氏を鄭重《ていちょう》にたてながらも、自信に満ちて何か気負っているようだった。孝平は画面に映らない、そして音声で聞えないこの微妙な関係に眼をあてていた。急にあぐらをかいていた膝をたて、肘《ひじ》を食卓の上に押しつけ、眼を画面に吸いつけるように体を前へ乗り出した。

同じように、画面では和《なご》やかな雰囲気が続き、意見の衝突もない。大井氏の前髪が軽く揺れ、原氏の巨《おお》きな体が椅子の上で窮屈そうに位置をなおしているだけである。

大井氏はますます鄭重な言葉を続けて、関西経済界の協力を要望している。時々、明るい爆笑も起る。だが、孝平はだんだん不機嫌で真剣な顔になって来た。この為体《えたい》の知れぬ不快感の正体が感じとられそうだった。そして、やっと解ったのだ。始終、悠然《ゆうぜん》とした大井氏の自信を裏付けているものは、東京の厖大《ぼうだい》な経済力であった。先輩の原氏に礼儀を尽しながらも、まあ、そんなにおっしゃらず東京に随《つ》いて来て下さい、悪いようには致しませんと、眼に見えないところで肩を叩いているようだった——。

戦争中の統制経済を境にして、日本の経済の中心は東京に移ってしまった。しかも中国、満州を失って貿易を中心とする大阪の商活動、中小企業も火が消えたようになり、大阪の大きな経済力を握っていた船場の個人商店も復興力を失ってしまっている。経済力の殆どの分野が東京に奪われて、かつての商業都市も無力になっている。そんな経済力の敗北が、微妙にテレビの画面にまで反映しているように、孝平には思えた。大きな敗北感であった。理窟でいえば、繊維産業を中心とする大阪と、重工業を中心にして大きく膨脹《ぼうちょう》して行く東京とでは、経済的に勝負にならないかも知れない。しかし、孝平は理窟を越えて、戦争を境にして優位にたっている東京の経済力に妙な憤《いきどお》りと反撥《はんぱつ》を感じた。父の吾平が、大阪は日本のへそやといった、その大阪が経済的な力を失っている。明治、大正の資本主義の揺籃期《ようらんき》を培《つちか》い、何百年の暖簾の下に商いをして来た大阪である。このまま泣き寝入りしない。一人、一人の大阪商人の力でも元通りの大阪の財力を取り戻してみせる、もう十年の辛抱や、もう十年したら元の大阪にしてみせたる――、孝平はこう心の中で呟《つぶや》いた。

飲み残したビールをぐいと一飲みして、孝平はごろりと仰向けに寝転んだ。大阪の空は暑かった。庇《ひさし》の間から見える無数の星までも、蒸されるように暑かった。

あとがき

一年に何回となく東京と大阪を往復しているのにもかかわらず、私の皮膚呼吸はこの二つの都会の中で急に奇妙な変化をみせます。東京で二、三日も過すと、私の手の甲や顔の皮膚の毛穴がチカチカして毛穴がふさがってくるような気がします。予定を変更し飛びたつように汽車に乗り、吹田《すいた》近くになって大阪の夜の灯《ひ》が小さく見えはじめると、急に全身の毛穴が開き、快い満足感を覚えます。十年来、少しもこの現象は変りません。最近のようにやや頻繁《ひんぱん》に往来するようになっても。

それほど大阪は、私にとって私の血液そのものなのです。大阪に生れ、大阪に育った私にとって、空気の密度にまで大阪を感じとることができるのです。そして、この大阪の街の中核をなすのは、古い暖簾《のれん》をもつ船場《せんば》の商人たちです。暖簾は大阪商人の生命であり、また庶民の旗印でもあります。

私はこの本の中で、私の理想の大阪商人を描いてみました。古くさいようで妙に新しい合理精神を持ち、ビジネス　イズ　ビジネスの合理精神かと思えば、飄々《ひょうひょう》として俳味をもったユーモアがあり、そのユーモアの中に一流の哲学と勘をもっているというのが、大阪商人の風貌《ふうぼう》といえましょう。

こうした大阪商人は、大阪の街と空と河とともに私の血肉となっています。私がものを書きはじめるのなら、ここからしか出発できないと思いました。私は長い歳月をかけて、その間、激しい新聞の仕事や闘病生活に中断されながら、何百年の歴史の中で暖簾と繋《つなが》って生きて来た大阪商人像を書き続けました。ここに登場する人物たちは、もちろんそのまま実在した人物ではありません。私の周囲の人間の面白《おもしろ》さ、いやらしさ、凄《すご》さなどをいろいろ按配《あんばい》して創《つく》りあげ、こちらの都合のよい筋の運び、構成に配役してみたのです。商人をリアルに裏付ける商いについては、私の最も身近な生活の中から見出し、ほんとうの商いに生きる商人の背骨にしました。

こうして私の創りあげた二人の主人公が、明治、大正、昭和の厳しい時の流れを、個性的な商人として生きぬき、新しい発見と感動をもたらせてくれるようにとのみ、著者は希《ねが》っています。

（昭和三十二年四月二日）

解説

河盛好蔵

この小説の面白《おもしろ》さは、父子二代に渡って、著者のいう「理想の大阪商人」を描いている点にあろう。「親苦労する、その子楽する、孫乞食《こじき》する」という昔の言葉にあるように、一代目がいかに勤倹力行の士であっても、二代目、三代目が家産を傾けるのが一般の慣わしである。しかしこの小説では、父の吾平も立派な商人なら、息子の孝平もそれに劣らぬ天才的な商人である。そして注意すべきことは、父の吾平が無一文から身代を築き上げたように、息子の孝平も戦災のなかから裸一貫で立ち上ったことである。

ただこの父子には、金銭では買えない、また金銭の力をはるかに凌駕《りょうが》する強い後楯《うしろだて》があった。それが「のれん」である。

なるほど吾平が一介の丁稚《でっち》から、「のれん」を分けて貰《もら》うに至るまでの努力と誠実さは超人的といってよい。しかしもし彼にこの「のれん」に対する憧《あこが》れと、信仰がなかったなら、彼はそれの獲得にこれほど精魂をこめることができなかったにちがいない。したがって、彼は自分の「のれん」に対して絶対の自信をもっている。彼が加島銀行の西田支店長に向って「本家から分けていただいた浪花屋の暖簾《のれん》が抵当だす、大阪商人にこれほど堅い抵当はほかにおまへん、信じておくれやす、暖簾は商人の命だす」と言うことができたのは、この自信があればこそである。そしてこの気魄《きはく》に打たれて、支店長も金融を承知するのである。

またこの「のれん」に対する信仰と誇りは、彼の商人としての道徳をきびしく規制する。彼が元店員の闇《やみ》ブローカーに向って、「大阪商人が闇稼ぎしたら、日本中にほんまの商人無うなってしまいよるわ、大阪商人の根性はなあ、信用のある商品を薄利多売して、その労苦で儲けることや」とオルソドックスな商人道を説くのは、その一例である。

著者は、この商人としてどこまでも正しく生きようとし、また捨身になって正しく生きた吾平に対して心からの尊敬と愛情をそそいでいる。それが読者を強く動かすのである。

ところで息子の孝平は、吾平とは違って大学を卒業したインテリである。その上、親からゆずられた立派な「のれん」がある。しかし彼の置かれた地位は、吾平の場合とは比較にならないほど困難である。ここでは「商人としての名門や、大学を出たことなど何の役にもたたない。今は丁稚精神で起ち上ることしかない」のである。

けれども孝平のなかには、「のれん」によって規制された商人道徳が強く生きている。それが統制機関の役員としての彼を堕落させない。彼は大学時代の同窓生に向って「わいはインテリやない、そんなもの、とうの昔に無いようになってしもうた、商売人が人生に対するてれくささや脆弱《ひよわ》さ持ってたら、一ぺんにくたばってしまうわ、自分なりに独眼流ででも、やって、やって、やりまくらんとあかんのや」と決意のほどを述べるが、しかし商人としての正しい道を決して外さないのは、やはり「のれん」に対して、自らを慎しむ心があったからである。

こんな風に、「のれん」が商人としての意欲を常に刺戟《しげき》する一方、彼の道徳をもまたきびしく規制している点に、私は読者の注意を求めたいのである。

しかし、言うまでもなく孝平は、「のれん」の力だけで、戦後の困難な時代を乗り切ったのではない。彼にあっては「のれん」などはむしろなんの力も持たなかったといってよい。彼には商人としての立派な才覚があった。ターミナルの百貨店に目をつけたり、東京への進出を企てたり、本店を立派に建築して商いの本丸にしたり、すべてこれらのことは、近代的商人としての感覚なくしてはできないことである。したがって彼が「現代の暖簾の価値は、これを活用する人間の力によるものだ。……暖簾の信用と重みによって、人のできない苦労も出来、人の出来ないりっぱなことも出来た人間だけが、暖簾を活《い》かせて行けるのだった」と自負するのは当然である。吾平にしても孝平にしても、単に努力の人であるのみならず、実に商才に富んでいて、機を見るに敏であり、着々と仕事を拡張してゆくのも、この小説の面白さである。したがって、この作品には少しも暗い影がなく、カラリとして、風通しがよい。これは作中人物の明るい、ユーモアのある性格によるものであるが、それと同時に、大阪の風土と人間、とくに商人がかもし出す雰囲気《ふんいき》のもたらすものであろう。

「暖簾」は山崎豊子さんの処女作であり、出世作であるが、この作品に見られるさまざまの長所、例えば綿密な調査、巧まざるユーモア、女流作家には珍らしいねばりとしんの強さなどは、その後の作品のなかで、一層豊かな開花を見せている。その意味から、山崎文学の序曲として、本書は大切に取り扱わるべきものであろう。

（昭和三十五年七月、評論家）

この作品は昭和三十二年四月東京創元社より刊行された。

山崎豊子著

ぼんち

放蕩を重ねても帳尻の合った遊び方をするのが大阪の〝ぼんち〟。老舗の一人息子を主人公に船場商家の独特の風俗を織りまぜて描く。

山崎豊子著

花のれん

直木賞受賞

大阪の街中へわての花のれんを幾つも幾つも仕掛けたいのや——細腕一本でみごとな寄席を作りあげた浪花女のど根性の生涯を描く。

山崎豊子著

しぶちん

〝しぶちん〟とさげすまれながらも初志を貫き、財を成した山田万治郎——船場を舞台に大阪商人のど根性を描く表題作ほか4編を収録。

山崎豊子著

花紋

大正歌壇に彗星のごとく登場し、突如消息を断った幻の歌人、御室みやじ——苛酷な因襲に抗い宿命の恋に全てを賭けた半生を描く。

山崎豊子著

仮装集団

すぐれた企画力で大阪勤音を牛耳る流郷正之は、内部の政治的な傾斜に気づき、調査を開始した……綿密な調査と豊かな筆で描く長編。

山崎豊子著

華麗なる一族（上・中・下）

大衆から預金を獲得し、裏では冷酷に産業界を支配する権力機構〈銀行〉——野望に燃える万俵大介とその一族の熾烈な人間ドラマ。

山崎豊子著
ムッシュ・クラタ
フランスかぶれと見られていた新聞人が戦場で示したダンディな強靭さを描いた表題作など、鋭い人間観察に裏打ちされた中・短編集。

山崎豊子著
沈まぬ太陽
(一)アフリカ篇・上
(二)アフリカ篇・下
人命をあずかる航空会社に巣食う非情。その不条理に、勇気と良心をもって闘いを挑んだ男の運命。人間の真実を問う壮大なドラマ。

山崎豊子著
沈まぬ太陽
(三)御巣鷹山篇
ついに「その日」は訪れた——。520名の生命を奪った航空史上最大の墜落事故。遺族係となった恩地は想像を絶する悲劇に直面する。

山崎豊子著
沈まぬ太陽
(四)会長室篇・上
(五)会長室篇・下
恩地は再び立ち上がった。果して企業を蝕む闇の構図を暴くことはできるのか。勇気とは、良心とは何か。すべての日本人に問う完結篇。

山崎豊子著
女系家族
(上・下)
代々養子婿をとる大阪・船場の木綿問屋四代目嘉蔵の遺言をめぐってくりひろげられる遺産相続の醜い争い。欲に絡む女の正体を抉る。

山崎豊子著
白い巨塔
(一〜五)
癌の検査・手術、泥沼の教授選、誤診裁判などを綿密にとらえ、尊厳であるべき医学界に渦巻く人間の欲望と打算を迫真の筆に描く。

司馬遼太郎著

国盗り物語（一〜四）

貧しい油売りから美濃国主になった斎藤道三、天才的な知略で天下統一を計った織田信長。新時代を拓く先鋒となった英雄たちの生涯。

司馬遼太郎著

新史太閤記（上・下）

日本史上、最もたくみに人の心を捉えた〝人蕩し〟の天才、豊臣秀吉の生涯を、冷徹な史眼と新鮮な感覚で描く最も現代的な太閤記。

司馬遼太郎著

関ケ原（上・中・下）

古今最大の戦闘となった天下分け目の決戦の過程を描いて、家康・三成の権謀の渦中で命運を賭した戦国諸雄の人間像を浮彫りにする。

司馬遼太郎著

歴史と視点

歴史小説に新時代を画した司馬文学の発想の源泉と積年のテーマ、〝権力とは〟〝日本人とは〟に迫る、独自な発想と自在な思索の軌跡。

司馬遼太郎著

アメリカ素描

初めてこの地を旅した著者が、「文明」と「文化」を見分ける独自の透徹した視点から、人類史上稀有な人工国家の全体像に肉迫する。

司馬遼太郎著

草原の記

一人のモンゴル女性がたどった苛烈な体験をとおし、20世紀の激動と、その中で変わらぬ営みを続ける遊牧の民の歴史を語り尽くす。

暖《の》簾《れん》

新潮文庫　や－5－1

昭和三十五年七月十五日　発行
平成二十一年四月十日　五十三刷改版
令和六年十月二十日　六十五刷

著者　山《やま》崎《さき》豊《とよ》子《こ》

発行者　佐藤隆信

発行所　株式会社　新潮社

郵便番号　一六二―八七一一
東京都新宿区矢来町七一
電話　編集部(〇三)三二六六―五四四〇
　　　読者係(〇三)三二六六―五一一一
https://www.shinchosha.co.jp

価格はカバーに表示してあります。

乱丁・落丁本は、ご面倒ですが小社読者係宛ご送付ください。送料小社負担にてお取替えいたします。

印刷・大日本印刷株式会社　製本・加藤製本株式会社

ISBN978-4-10-110401-0　C0193